KB017740

2005
신춘문예 당선시집

문학세계사

2005
신춘문예 당선시집

〈시〉 김면수 김미령 김승해 박연준 박지웅 서영식
신기섭 윤석정 윤진화 이영옥
〈시조〉 김영완 이석구 장창영 정선주

2005 신춘문예 당선시집 ◆차 례◆

시

신춘문예 당선 시

김면수

1977년 전북 김제 출생
원광대학교 졸업
제13회 동해문학 신인상
전국가사시조공모전 우수상
원불교 문학상 최우수상
경기도 문학상
현재 한국국세신문사 기자
2005년 대전일보 신춘문예 시 당선

경기도 고양시 덕양구 화정동 972번지
영프라자 빌딩 6층 150호
018-627-5613

■대전일보/시
바람과 뱃사공

바람과 뱃사공

갈잎의 노래로 자란 바람이 구름에게로 가 입김을 불면

입김의 무게만큼 쏟아지는 햇살을 한 올 한 올 모으고

저녁 강가에 산란을 하며 물이 든 노을은

수심 깊은 바다로 가 유년의 추억이 된다

밤이면 낡은 목선에도 훤히 불 드는 전구

그물마다 달과 별과 스무 살 꿈이 싱싱하게 꿈틀거린다

세월은 어머니 이마에 주름진 햇살 눈부시게 그려 놓고

갈잎의 노래로 손을 든다 이제 나는 깨어나는 바람이다

해
── 섣달 그믐 빛으로 너는 어머니 같은

너는 섣달 그믐 빛으로 와
들녘에 산란을 하던
어머니 같은 눈으로
정오의 어디쯤 고운 양수를 흘리고
다시 뒤돌아 뜨겁게 우는가
인제,
서산 다 목메도록 뜨겁게 우는가

18년 만의 만남…
이 긴 공백 끝과 시작에는 우는 것 이외 모르는 어린 것과
가난한 사랑과 애원과 줄줄이 골반뼈를 에는 사연인즉
뒤돌아 앉은 땅에 어린 것은 타국의 성대를 빌어 쓰고
나앉은 이 땅에 어머니는, 낮은 처녀성으로 말을 하던 이
있었으니…

이후 18년이 지나고
가을이 추락하는 하늘에는 슬픔도 아름답게 금빛으로 춤을 춘다
자─
인제,
서산 다 목메도록 뜨겁게 울어도
내일은 다시 내일의 해가 뜰 것이다

늙은 어부들이 있는 지하철에서

수심 깊은 곳에 늙은 어부들
그들은 역과 역 사이
한 톨의 양심에 따른 경계를 두고
맹인이 된다
등 푸른 고등어 껍질을 벗겨 내어 말린 옷차림
암울하던 시대의 가사를 버리고 남은 경음악에
물꼬를 튼다 지팡이를 휘-익 저으며
사람 사이 숨어든 고기 떼를 모는 것처럼
낡은 어망에 한 푼 새지 않는 동전들을 담는다

이제, 지하에는 서정의 풍경이 없다
새와 나무와 들과 바람과 그 외의 어둠이 벽화로 지하도를 흐를 뿐

맹인과 마음에 눈 먼 맹인들을 삼킨 단단한 고래 한 마리
지하를 선회하다 분수공을 열면
개폐의 중간에서 차고 넘치던 서글픈 금빛 모래 초침으로
무겁게 쏟아져 내린다
비로소
출구에 선 맹인과 입구에 선 맹인은 낯 가리며 눈을 뜰 때

비치는 얼굴이란.

눈에 대한 사색

생애
환멸이란 오랜 습관처럼
눈이 내리고
명치끝이 아리도록
바람이 분다

나는 새의 발자국으로 새겨놓던
그리움

돌아보면 망각으로 눈이 내리고
환멸이란 오랜 습관처럼
새는 벌써 평심으로 시간을 타고

눈은 내리고.

로미오와 줄리엣

산에서 태어난 바람이 강물에게로 가

이제 땅에서 맺은 말들을 구름에 띄워 보내면

사선을 향해 두드리던 한 사내

그 두 눈에 전각되던 풍경 속에는

여인의 기다란 속눈썹 같은 물빛 웃음에 띄우던

마지막 엽서 같은 추신에 단 잎새 한 장이 맥없이 흐르고

시대의 고운 거짓말처럼 온통 사랑뿐인 젊음이 흐르고

가엾은 명제를 위태한 시선으로 안아

바위깃에 떨어뜨릴 때 즈음하여 비가 내리는데

하고 싶은 말이 먼저 강물 위를 부유하던 사내

아— 급하게 빠져나간 신발 속에 들어온 여인이 따라

저 가을 단풍으로 울고.

사랑의 기울림은 23.5

이 가을에 자란

민무늬 바람이 다 놀다 간 거리에는

시간의 중력을 모으던 시계추처럼 나뭇잎 떨어지고

한철을 격정하며 잎새마다 전각되던 선혈의 그리움

아— 다시

서해의 낙조들로 한 잎 두 잎 붉게 물들어 부유하던

아— 너는

가으내 마지막 장식문양으로 떨어지던 나뭇잎 닮은

지구의 어느 공전축 머리맡에 내려 놓던 내 사랑의

기울림 23.5°

마지막 화할 불꽃을 기다리며

추억의 초침이 망각의 분침을 자극하며 가던 사랑

내 나이 스물셋… 가을이므로.

시인이란 천명의 주제

새벽에게 물어 물어 시詩에게로 갔다.

가까이 가면 갈수록 다시 멀어지던 시詩에게서 절망을 느끼고, 새벽이면 다시 물어 절망을 주섬주섬 모으고, 내 안의 스승처럼 아침빛 다 새어 들도록 시에게로 가 눕고… 잠들기 전 내 끝내 내뱉지 못하고 절망이 되어 버린 시들을 찾고…

당선 소식을 접하고 얼마의 기나긴 시간이 주마등처럼 흘러갔다. 몇 가지 일을 병행하면서 이미 지친 몸을 마음이 다독거려주었고, 시 세계로 몰입할 때, 내 이상국은 가까운 곳에 존재함을 보았다. 아무도 보아 주지 않는 사람을 위해 시를 쓰면서 애인을 사랑했다. 갑자기 싫어진 시를 보면 애인은 나에게로 와 집 하나 지어 주고 그 안에 세월 그 무엇으로도 퇴색될 수 없는 사랑을 심어 주었다.

시인이란 천명의 주제로 하여금 좀더 나은 발전과 매사 성심으로 정진할 수 있는 나에 대한 기대를 저버리지 않은 애인 문미정에게 사과 반쪽을 나누듯 당선의 영광을 나누고 싶다.

그리고 순간 펜을 꺾어 갈잎의 노래로만 재우려는 내게 도약할 수 있는 힘과 열정을 보이지 않게 배로 승화시켜준 심사위원님께 진심으로 감사드립니다.

감각적 이미저리, 잘 짜여진 구성력

1천 5백여 편의 응모작들 가운데서 일차로 40여 편을 고르고 다시 10편, 또다시 5편을 고르는 방식으로 최종까지 남은 작품은 김면수 씨의 「바람과 뱃사공」과 강란숙 씨의 「상수리나무의 우듬지를 보며」였다. 이 두 편은 특별히 우열을 가리기 힘들었으나 시도 예술의 한 분야라는 점을 감안해서 메시지 전달력보다 미학적 성취감이 돋보이는 「바람과 뱃사공」을 당선작으로 결정하였다.

「바람과 뱃사공」은 길이가 매우 짧은 단시이다. 그래서 무언가 크고 난해하고 문제적인 것을 높이 평가하고자 하는 우리 문단의 풍조에서는 언뜻 소품 같아 보인다. 그러나 그렇지 않다. 시란 가능하면 짧은 진술에 함축된 철학과 단단한 형상력을 지닐수록 좋다. 그러한 의미에서 당선작은 최근 우리 시단의 유행이라 할, 쓸데없는 사변 중심의 신경증적 시에 대해서 충분히 경종을 울릴 만한 작품이라고 생각한다. 햇빛처럼 반짝거리는 감각적 이미저리, 잘 짜여진 구성력, 하나도 흐트러짐 없는 언어의 조사, 참신한 상상력이 하나로 결집되어 이루어진 참으로 보석 같은 작품이다. 그것만이 아니다. 마지막 시행의 "이제 나는 깨어난 바람이다"와 같은 시행은 인생에 대한 시인의 내적 성찰이 예리하게 드러나 있다.

「상수리나무의 우듬지를 보며」 역시 한 편의 시로서 나무랄 데가 없는 작품이다. 생활에서 발견한 시인의 인생론적 진실이 감동적으로 전달된다는 점을 높이 샀다. 그러나 형상력에서 다소 미흡하고 신인으로서의 패기가 좀 부족하다는 느낌을 받았다. 참고로 최후선까지 오른 분들의 작품으로는 강현자 씨의 「종발자국」, 주영국 씨의 「아내의 푸른 손」, 00 씨(118번)의 「달빛아래 서성이다」 등이 있었다.

심사위원 : 김종해 · 오세영

김미령

1975년 부산 기장 출생
부경대학교 국어국문과 졸업
경주대학교 문예창작과 4학년
2005년 서울신문 신춘문예 시 당선

경남 거제시 연초면 오비리 신우마리나 104-1605
017-572-3272

■서울신문/시
흔한 풍경

흔한 풍경

시청 앞 작은 연못에 기억상실증에 걸린 비단잉어가 산다
몰락한 귀족처럼 느릿느릿 헤엄치면
양귀비꽃 수면에 비쳐온다
우리는 그걸 주홍빛 슬픔이라 부른다

허기진 햇빛이 정수리 위에 어른거린다
메마른 광장의 오후 2시가 아가미 속을 들락날락하는
지루한 염천炎天의 대낮
살아 있다는 걸 확인하기 위해 벽을 두드려보듯 지느러밀 움직여
물의 파동을 느껴본다
배에 와닿는 물의 감촉이 따스하다

눈앞이 침침해지고부터는 소리에 집착하게 된다 좁고 가늘어진 바
람소리
공중에 박음질하듯 이따금 지저귀는 새소리
무수한 소문들이 물기를 머금고 부풀었다 사라진 벤치에
빈 종이컵이 실신할 듯 입벌리고 있다

새우깡을 무심히 던지던 손이 오래 들여다보고 있었던 건 무엇일까

생生의 마지막 들숨을 쉬듯 물 위로 솟구칠 때 무심코
돌아서던 누군가의 하얘진 귓불을 보았을 수도 그때 잠깐 흔들린 듯
눈을 깜빡였을 것이다 그러나 그때 서로가 엿본 것은 아무것도

들킨 것 또한 아무것도 없다 다만 그 동안에도
애초에 누구의 관심거리도 아니었다는 듯
개미들이 떨어진 여치 다리를 십자가처럼 옮기고 있었고
체인을 오래 매만지고 있던 자전거 옆으로 은색 승용차가
서류뭉치를 신생아처럼 안고 급히 주차장을 빠져나갔다
모두 외로움을 흙먼지처럼 껴입고 있지만
삶의 균형을 유지하는 법을 누구나 알고 있는 것이다

벤치 밑에 조금 구부러진 쇠뜨기풀이 다시 일어서는 동안
내 어슬렁거림은 어떤 사소함에 비유될 수 있을지 생각해본다
보이지 않게 어긋나도록 돼 있는 정교한 교차로 같은 일상 속에서도
무언가에 열중하는 순간 누구나
제 몸에 딱 맞는 표정을 찾을 수 있을 것이므로

모두 서로에게 그림 속 배경일 뿐이라는 듯
과자 부스러기들이 바람에 흩어진다

어버 씨氏의 바다

1

안경테 너머로 점점 굵어지는 빗줄기
손님이 뚝 끊겼다
TV를 보는 어버 씨氏의 뒤통수가 눈썹 위에 무겁게 얹혀
카운터에서 시를 읽는 나의 강박증을 짓누르고 있다
축축한 문장 사이로 비린내가 더듬거리며 기어다니고
미간을 만지작거리는 횟수가 잦아질수록
양동이에 빗물 받는 소리 똑 똑 커진다

2

음소거된 여자 아나운서의 미소에는 묘한 데가 있다
그녀를 이렇게 곰곰이 뜯어본 적은 한 번도 없었다
입술을 움직일 때마다 병아리 같은 낱말들이 튀어나오다
브라운관 안에서 압사하고 있었다 내 가슴은 먹먹해졌지만
파리처럼 그는 흡반을 붙이고 무언가를 열심히 빨아들인다
엄마는 좌천댁과 고스톱을 치고
장어들은 서로의 등에 기대 구석에 서서 졸고
등 뒤로 짚은 그의 붉은 손등에 일없이
굵은 힘줄이 솟아 있다

3
그는 가슴으로 말을 때린다
소리 없는 북처럼 공중엔 떨림만 남지만
입밖에 나와 결코 다칠 일 없는 말들의 따뜻한 품을
그는 컴컴한 입 속에 가지고 있다
도마를 쾅, 내리쳐도 장어들은
어버 씨氏, 안녕! 하며 통 속으로 뛰어내린다
어떤 폭풍도 칼금처럼 무늬만 남는 그의 가슴속엔
함부로 어획되지 않는 눈부신 바다가 있다
최초의 말들이 있다

손님

허름한 불빛을 내다 꽂은 조립식 건물을 발견했을 때
내 몸은 이미 어둠 속에 반은 사라지고 없었다
장사를 막 끝내려는 듯 수저들이 무딘 쇠빛을 잠재우며 서 있었
지만
주인은 마지막 손님을 따뜻이 맞아주었다
익숙한 동선 사이로 잠시 부산하던 할멈 대신
뒷목이 둥그스름한 늙은 아이가 짤막한 손끝으로 물잔을 내왔다
수면이 잠깐 흔들렸지만 보릿물은 아이의 눈빛을 닮아 순했다
고기 기름처럼 한 아이가 국솥 위로 아롱지며 떠오를 때
휘이 휘 저어 깊숙이 퍼냈을 국밥 한 그릇
어지러운 상념처럼 건더기들이 수북이 쌓여 있었다
뜨거운 국물에 섞여 마구 목구멍으로 밀려들어오는 생生을
땀 흘리며 헉헉 삼키는 동안
등 뒤에서 말없이 그릇을 닦는 저 오래된 듯한 편안함은 무엇인지
배고픔도 온전히 내 것이지 못한 나에게
어슬어슬 아이는 주름 많은 목을 자라새끼처럼 움츠리며
무념無念한 눈을 들어 끔뻑이곤 했다
돌탑을 쌓듯 질그릇을 씻어 차곡차곡 포개 엎는 그녀의 손이
죄송하게 뜯어먹은 내 밥상을 거둬들일 것을 생각하며
후룩 후룩 더운 국밥을 마지막까지 비우는 동안

한번인가 힐끗 그들의 뒷모습을 보았을 뿐
텅 빈 슬픔 대신 배를 채우는 숟갈 부딪는 소리가
수돗물 소리에 섞여 어디로 흘러가고 있는지
이 깊고 투명한 밤엔 아무도 알려 하지 않았다
육천 원을 올려놓고 나오는데 도로가 조금 더 얼어 있었다

엘리베이터를 기다리며

1
길모퉁이 돌면 습관적으로 센다
위에서 다섯번째 불꺼진 내 집
집의 안부가 궁금해진다

내 귀가를 기다리는 건 반쯤 고갤 내민 카드명세서
나와 마주앉아 저녁을 먹을
몇 알의 사과와 고등어 한 마리
자폐아처럼 떼 놓았던 생활이 내게 있었음을 기억한다

▲를 누르고 엘리베이터를 기다린다
길들이 가만히 내 옆에 선다

2
집 앞에 도달하지 못하고 어디선가 떨고 있을 내 종적들

버릴 것이 너무 많다
응급차 요란하게 도로를 가르며 어디론가 사라진 뒤
그림자 황망히 세워두고 온 대로변이나
낮은 말소리들 환기구에 따스하게 번지던 국밥집 뒷벽

그 아래 웅크리고 있던 검은 고양이의 사나운 콧잔등에까지

지금은 일일이 기억할 수 없는 생면부지의 길들이
내 몸 밖을 성큼 걸어나갔다

　　3
어제와 같은 모습으로 또 이 앞에 서 있다
첫 직장에서 월급을 떼이고 비틀거리며 돌아오던 저녁이며
그를 기다리던 골목에서 언 무릎만 오래 박혀 있다가
버스는 오지 않고
길마저 나를 등진 것 같은 날들에도
나는 이 문 앞에 서 있었다

가파른 ▲의 저 빗변
그 너머에 벼랑 같은 휴식이 있을까

　　4
이제 곧 전자벨 소리와 함께 한 평의 빛이 허락되면
빨아올려지는 수액처럼 나는 집에 당도할 것이다 그러나

구원하듯 활짝 열려진 엘리베이터 앞에서
쉽게 나는 발을 떼지 못하고
텅 빈 공간에 맴도는 알지 못할 여운을 누른 채
차가운 복도에 남겨져 있다

입춘

이맘때면 봄이 출소했다는 소식이 한 장의 뜬소문처럼
베란다 안으로 날아든다
의심 많은 산짐승처럼 손 내밀어 킁킁거리며
햇쑥이나 냉이가 나왔을까 들뜬 마음에 집을 나서면
분홍빛 불룩한 배를 풀어 산란하듯
여자들이 골목마다 터져 나온다

반찬가게 여자 입술 위에 축제처럼 꽃이 피었다
며칠 안 보이더니 부친상을 당했다나 그 어른
모처럼 밝은 빛에 나왔다가 후두를 때리는
찬바람 한 주먹에 눈부시게 스러지며 순간
돌아서려는 겨울의 머리끄댕이를 낚아챘을 게다
경황중에 누가 써 붙였을까 마름모꼴로
하얀 종이가 봄눈처럼 시리다
너무 일찍 핀 꽃이 통째 떨어지고
어스름 조등으로 내걸렸다
굳게 잠긴 가게 안엔 아직 터지지 않은 지뢰처럼
좁고 깊은 침묵이 잠들어 있다

평상 위에 덮인 파란 천막 속에 콩나물들이 머리를

치받고 난전들이 반찬가게 앞에서 판을 펼쳤다
때 이른 개나리 진달래를 입고 여저기 분주한 여자들
봄맞이에 입술이 부르트기도 할 것이다

낡음에 대한 예의

창으로 내다보이던 풍경 속을 걷고 있습니다
비온 뒤 말끔해졌지만
풀숲에 버려진 잠잠 청소기는 거기 그대로입니다
한삼덩굴이 무덤처럼 감싸서 이제 거의 보이지 않습니다
부스럼처럼 하얀 따개비가 뒤덮은 작은 철선도 그대로입니다
물이 고였던 자리에 소금기가 반짝입니다
저걸 누가 끌고 가진 않을 것 같습니다
물과 햇볕이 아주 조금씩 데려갈 거라고 그냥 둔 모양입니다
내일도 변함없이 견고할 이 푸르름
그러나 조금은 부식의 공간을 비워두기로 합니다
저쪽에서 울던 매미가 여기서도 웁니다 쎄릉쎄릉
스테레오로 울어대니 논밭이 파랗게 질립니다
가끔씩 있는 일이지만 모든 걸 지켜보고도
푸른 벼잎은 아무 일 없다는 듯 바람에 흔들리고만 있지요
우연히 버려진 폐타이어가 들고양이 집이 되고
임시로 지은 판잣집이 슬그머니 이웃이 됩니다
하늘엔 빨랫줄처럼 늘어진 검은 전선들
웬만해선 바뀔 것 같지 않지만
잠시만 허락된 누추가
다들 그렇게 고향이 되는 것을요
창으로 보면 언제나 완벽한 전원입니다

시가 내 속에서 나를 구원해 주기를

막 외출하려던 참에 옷장에서 핸드폰 소리가 희미하게 울렸다. 외투 주머니에 넣어두었던 핸드폰을 깜빡 잊고 나가려던 참인데 간신히 받은 전화 속 상대방은 서울신문 문화부 기자였다! 나는 실감을 도둑맞은 채 멍하니 서 있었다. 그리고 도대체 내가 무슨 짓을 한 것인지 곰곰이 생각해야 했다.

무슨 일의 '기미'는 그렇게 희미하게 온다. 시가 내게 오는 방식도 그러하다. 시의 기미를 다행히 감지했을 때 나는 납작하게 엎드려 코를 벌름거리며 그 냄새의 방향과 거리와 크기를 탐색한다. 그리고 그것의 실체를 확실히 기억해둔 뒤에 아무것도 모르는 듯이 유유히 사라진다. 며칠 동안은 부단히 그 실체의 환영에 시달리다가 내림굿을 받듯 어느 날 정신없이 받아적곤 한다.

그러나 날것의 실체를 온전히 내 것으로 소화시키지 못해 좌절을 맛보기 일쑤였다. 그때마다 보편성에 관해서 많은 생각을 해야 했다. 감동이라는 것은 사람들이 일상에서 느끼는 평범한 감정들을 아름다운 충격으로 끌어올리는 것이라 생각하면서부터 내 시 쓰기에 많은 변화가 있었던 것 같다. 아웃사이더 같던 내 말들과 행동이 조금씩 보편성을 찾아가면서 세상과 소통하는 방법을 알게 되고 점점 더 많은 것들이 보이기 시작했다. 처음에는 시가 나를 세상에서 구원해줄 것이라 생각했지만 이제는 시가 내 속에서 나를 구원해 줄 것이라 확실히 믿고 있다.

오래된 일기장들이 꽂혀 있는 책장을 보며 시 비슷한 것을 끄적거리기 시작한 10년 전 일이 생각난다. 그때 내 시를 처음 읽어봐 주시고 많은 조언을 해주신 남송우 교수님, 한동안 외면했던 시를 다시 공부하기 시작한 내 인생의 전환점이었던 시기에 훌륭한 스승이셨던 손진은 교수님께 진심으로 감사드린다.

그리고 든든한 후원자인 남편과 철의 여인 엄마, 가족들, 또 함께 기뻐해 준 선화, 희경이에게도 고마움을 전하고 싶다.

담담한 소묘에서 느껴지는 만만치 않은 내공

예심을 거쳐 두 선자에게 전해진 작품들은 다 일정한 수준을 유지하고 있었다. 그러나 대다수 응모작들에 결정적인 그 무엇이 모자란다는 인상을 주었다. 발상의 참신성이 돋보이는 작품은 흔히 언어의 밀도가 따라주지 않았고 감각적인 이미지가 돋보이는 작품은 호흡이 짧다는 인상을 주었다. 무엇보다 새로운 시정신을 엿볼 수 있는 패기를 찾아보기 힘들다는 아쉬움을 주었다. 치열함이나 당돌함이 제거된 시적 수련이란 것이 무슨 의미가 있는 것일까 상념에 젖게 했다.

결국 선자들은 최종적으로 당선권에 근접했다고 여겨지는 네 명의 응모자의 작품을 추려내 논의를 거듭했다. 그 결과 김미령의 「흔한 풍경」이 마지막으로 낙점을 받게 되었다. 얼핏 보아서 무더운 날의 나른한 도시 풍경을 그리고 있는 이 작품은 현대인의 소외와 고독을 별 무리없이 부각시키는 데 성공하고 있다.

제목 그대로 '흔한 풍경'에 지나지 않는 현실의 단면에 대한 담담한 소묘가 돌연 삶의 무상함을 환기시키는 절실성을 획득하고 다가온다. "공중에 박음질하듯 이따금 지저귀는 새소리"나 "보이지 않게 어긋나도록 돼 있는 정교한 교차로 같은 일상" 같은 표현도 대범하게 씌어진 듯하지만 응모자의 만만치 않은 내공을 짐작하게 한다. 함께 투고한 다른 작품들도 다 일정한 완성도를 보여주고 있어 한층 믿음이 갔다. 앞으로 자기만의 개성적인 시세계의 구축에 보다 신경을 쓴다면 한 뛰어난 신인의 탄생을 기대해도 좋을 것 같다.

최종심에서 논의된 작품 가운데 김영수의 「들키지 않은 걸음걸이」나 「어두운 독서」는 선자들을 오랫동안 망설이게 했다. 시에 담긴 사유의 깊이가 만만치 않았으나 그것이 시를 너무 건조하게 만든 감이 있고 불필요한 추상어의 남발도 거슬렸다. 이밖에 「오징어 등불」을 투고한 이병일과 「사나운 연어떼가 밀려갔다」의 박성현도 숙련된 솜씨를 선보이고 있지만 충분한 신뢰감을 주지 못하고 있다.

　당선자에게 축하를 전하고 다른 응모자들에게도 분발과 정진을 부탁드린다.

심사위원 : 김명인 · 남진우

김승해

1971년 대구 출생
계명대학교 대학원 문예창작학과 수료
2005년 조선일보 신춘문예 시 당선

대구광역시 동구 동호동 106-58번지
경일스위트빌 201호
016-877-0626

■조선일보/시
소백산엔 사과가 많다

소백산엔 사과가 많다

소백산엔
사과나무 한 그루마다 절 한 채 들었다
푸른 사과 한 알, 들어 올리는 일은
절 한 채 세우는 일이라
사과 한 알
막 들어 올린 산, 금세 품이 헐렁하다

나무는 한 알 사과마다
편종 하나 달려는 것인데
종마다 귀 밝은 소리 하나 달려는 것인데
가지 끝 편종 하나 또옥 따는 순간
가지 끝 작은 편종 소리는
종루에 쏟아지는 자잘한 햇살
실핏줄 팽팽한 뿌리로 모아
풍경 소리를 내고
운판 소리를 내고
급기야 안양루 대종 소리를 내고 만다

어쩌자고 소백산엔 사과가 저리 많아
귀 열어 산문山門소식 엿듣게 하는가

소리 절벽

흐리고 흐린 물이 돌아
맺힌 물
등 아프게 게워 낸 고인 울음에
검은 환약 쓴맛으로 남은 절벽
돌연 살 맞은 짐승처럼
저 절벽 쥐어뜯으며 소리소리 지르면
바랜 꽃창살문 흔들며
내소사 목어가 길게 운다
부처님 없는 수미단에
빈 방석만 삼천 개 놓인
채석강
저 절벽 기어 내려오던 울음은
목어 하나 먼 바다로 돌려보낸다.

가끔은
저 바다 옆구리에서
보리수 열매 서 말이나 굴러 나와
그 소리 주우러 뛰어드는
달빛이 있다던가

거조암 가는 길

거조암 가는 길 사람이 없다
길 막고 말 물을 사람이 없다
붙잡고 말 물을 데라곤
화르르 불붙는 늙은 배롱나무,
찰박거리는 꽃그늘 들추면
한 무리의 아라한들 천렵 나와
물 퉁기는 소리
여름 한낮
지들끼리 불콰해져 시시덕거리다
아차, 생각난 듯 웃음 거둔 얼굴로
질러 오르는 거조암
서둘러 나한성중 둥그런 어깨 위에
제 얼굴 찾아 올리고
한 떼의 사람들 신 끌고
산을 내려간다

오백나한절 거조암엔 사람이 없다
부처를 버린 아라한들
거기 시끌벅적 장을 세우고 노는 거조암
늙은 배롱나무 가지마다

아라한의 웃음이 터져
절 밑 마을까지 야단법석이다

탱자꽃을 보다

삼동 바람 끝에 날만 세우던
탱자나무 묵은 울타리에 꽃핀다
맨 팔뚝에 소름 돋듯
탱자꽃 피면
일찍 늙은 몸에
새로 애 밴 일처럼 남사스러워
산기產氣 도는 울타리
봄젖내가 흥건하다

꽃 피는 일이 살아서 다치는 일인 줄 알았을까
상처마다 가시 돋는 일인 줄 알았을까
도끼로 나비 잡듯 막무가내 봄빛 아래
고요에 닿는 막다른 길을 밟고
상처마다 탱자꽃 희게 핀다

바짝 세운 가시에도
꽃잎 한 장 안 다치는 봄,
탱자꽃 피면
누구의 기억인지 알 수 없는
한 과거가 벌떡 일어서

미처 못 떨군 뒤통수 동그란 열매 하나
문둥이 문드러진 얼굴같이 웃는다

조개가 꽃핀다

조개가 꽃핀다
막 물이 드는 문양대로 굳은 껍질
물질 나온 아낙의 해감 안한 맨발 그대로
참숯 칠성판에 누운 조개는
오래 닫아둔 어떤 문을 열었기에
이 들끓음 속에서
이 불타는 집에서
다문 입을 열어 맑은 향기로 씹힐 수 있을까

뻘을 건너듯
맨발로 가지런히 건너오고도
발자국 하나 남기지 않는 네가
내 앞에 밀쳐 놓은 마음은
오래오래 되씹히는 맨살의 향기
입안 어디 찰랑찰랑 물 드는 소리나면
소금기 말갛게 걷힌 얼굴로
네가 구워낸 것은
자운영 꽃밭 같은 바다 한 장이었다

달빛 그림자

달빛 그림자에는 깊이가 있어
출렁 출렁 발이 빠지는데
쑥부쟁이 이슬에도 발목 시린 밤
꽃 꺾어 쥐어주던 젊은 어미는,
달빛 길을 물으며 걷고 있다
쏟아질 듯 달이 차올라 보름인데
아무데서나 오줌 누이던 어미가 원망스러울 만큼
부끄러움을 일찍 안 여섯 살 가시내는
졸지 말거라 엉덩이 철썩철썩 맞으며 걷고 있다
귀는 부쩍 밝아
막 부려 놓은 달빛 흘러가는 소리를 듣는데
어미는 자꾸만 길을 지운다
모서리 부서지는 것들이, 버려지는 것들이
빛을 내던 시간
하늘 가운데 알전구 하나
산자락 위에 소복이 엎드렸다
홀로 고요한 것들은 그 때 길을 잃어
다시 돌아갈 집이 없다

삐딱이 부처님 본 뒤 절을 꼭 올리고 싶었다

화순땅 운주사, 누운 부처를 처음 보던 날을 나는 잊지 못한다. 그곳엔 부처 아닌 돌이 없었다. 뭉툭하게 문드러진 돌들이 부처라니. 코가 닳은 못생긴 부처님, 귀가 떨어져 나간 삐딱이 부처님을 처음 본 그 때, 내게 어떤 간절함이 있었기에 천하 귀신들도 탄복할 절을 꼭 한번 올리고 싶었던 걸까?

내 마음 안에 돌탑 하나 세우고 돌아선 그날 이후 가끔 꿈속에서 운주사 가는 그 옛길을 타박타박 걷곤 했다. 그저 한 무더기 돌덩이를 만나도 그것이 탑이 되고 부처가 되게 하는 간절한 천불천탑의 땅. 이제 나는 떨리는 첫 마음 모아 새로 돌탑을 올린다.

그러나 이 간절함이 어디에 가 닿게 될지 지금은 모른다. 다만 나를 위해 불문 훨훨 열어놓고 뜨겁게 데워주는 내 고마운 사람들의 마음, 그들의 염려와 기도 안에서 운주사 가는 옛길을 가듯 멀고 낯선 길을 간다.

늘 따뜻한 가르침을 주시는 계명대 문예창작학과 선생님들, 마음놓고 기댈 수 있는 언덕이 되어 주는 학형들, 부족한 시를 세상에 내놓아 주신 심사위원 선생님들께 깊은 감사를 드린다.

수압水壓 센 한국시의 바다서 보물 건질 능력 있어

  김승해 「소백산엔 사과가 많다」, 장성실 「소금쟁이 메모」, 이병일 「빈집에 핀 목련」, 이다연 「가설무대」를 최종심 대상작으로 좁혀가는 데 그리 많은 시간이 걸리진 않았다. 이는 이들 네 작품이 최소한, 누가 읽어봐도 "이게 시야?" 하는 의문이 들지 않게끔, '스스로 시를 성립시키는' 구성의 내구력을 지녔음을 의미한다. 그러나 이들 가운데 당선작을 고르는 일은 오랜 시간이 걸렸고, 결정을 두 번이나 번복할 정도로 우리 두 심사자들을 꽤 괴롭혔다. 이들 네 작품이 두루 괜찮았다는 말도 되겠지만, 동시에 눈에 확 띄게 스스로를 구별시키는 작품이 없었다는 말도 된다. 결국 우리가 이번 심사에서 기대하고 예감하고자 한 것은 누가 보다 오랫동안 시를 쓸 수 있겠는가, 수압이 센 한국시의 해저에 누가 더 오랫동안 잠수하여 보물을 건져올 수 있을 것인가 하는 점이었다.

  그런 점에서 우리는 김승해 「소백산엔 사과가 많다」를 당선작으로 최종 결정했다. 이 시가 그 자체로 잘 다듬어진 작품이기 때문만은 아니다. 그것과 대등한 수준의 다른 응모작들을 고루 보여줌으로써 앞으로도 그가 계속 시를 쓸 수 있을 것 같다는 믿음을 주었기 때문이다.

  어느 날 그가 한 권의 시집을 가지고 나타나서 우리의 눈을 황홀하게 부릅뜨게 해주길 바란다.

심사위원 : 문정희 · 황지우

박연준

1980년 서울 출생
2004년 동덕여대 문예창작과 졸업
2004년 중앙신인문학상 시 당선

서울시 강서구 화곡본동 24-118 용이오피스텔 604호
011-9701-8953

■중앙일보/시
얼음을 주세요

얼음을 주세요

이제 나는 남자와 자고 나서 홀로 걷는 새벽길
여린 풀잎들, 기울어지는 고개를 마주하고도 울지 않아요
공원 바닥에 커피우유, 그 모래빛 눈물을 흩뿌리며
이게 나였으면, 이게 나였으면!
하고 장난질도 안 쳐요
더 이상 날아가는 초승달 잡으려고 손을 내뻗지도
걸어가는 꿈을 쫓아 신발 끈을 묶지도
오렌지주스가 시큼하다고 비명을 지르지도
않아요, 나는 무럭무럭 늙느라

케이크 위에 내 건조한 몸을 찔러 넣고 싶어요
조명을 끄고
누군가 내 머리칼에 불을 붙이면 경건하게 타 들어갈지도
늙은 봄을 위해 박수를 치는 관객들이 보일지도
몰라요, 모르겠어요

추억은 칼과 같아 반짝 하며 나를 찌르겠죠
그러면 나는 흐르는 내 생리혈을 손에 묻혀
속살 구석구석에 붉은 도장을 찍으며 혼자 놀래요

앞으로 얼마나 많은 새벽길들이 내 몸에 흘러와 머물지
모르죠, 해바라기들이 모가지를 꺾는 가을도
궁금해 하며 몇 번은 내 안부를 묻겠죠
그러나 이제 나는 멍든 새벽길, 휘어진 계단에서
늙은 신문배달원과 마주쳐도
울지 않아요

겨울은 활활 나를 태우고

겨울은 별을 쥔 손에 와서 박힌다
사랑을 우기던 가을 풀벌레들 발목 다 꺾이고
빨갛고 파랗고 노랗던
당집 같은,
내 몸의 저속한 빛깔들도 서서히 흐려진다

수두자국처럼 얼굴 곳곳에 박힌 비명들로
거울을 닦고, 거울을 만지고, 거울을 적신다
거울을 향한 채 굳어가는 나, 오늘은 몇 살일까
설익어서 금세 흩어지고 마는 이 목 시린 나이는
얼마만큼 지나면 수염이 생길지,
돌에게 묻는다 멍든 돌의 입술을 향해 묻는다
붉은 흙이 꽃을 위해 울어 준 적이 있던가?
발가벗고 춤추는 겨울바람도 가끔은, 주저, 않을까?
차갑게 입 다문 창문들도 무슨 소리가 들리면, 귀 대신 눈을 깜박
일까?

멍든 돌의 입술을 사납게 깨무니
웅크린 채 늙어가는 딱딱함도 기어이 부서진다

겨울은 활활 나를 태우고
나는 안개 속 한 줄기 비명으로, 나부낀다

꽃을 사육하는 아버지

어둠 속에서 꽃들을 사육하는 아버지가
나비의 날개를 묻고 있다
묻을수록 펄럭이는 생
내 발밑에선 자꾸만 잡초가 부풀어 오르고
나는 점점 작아진다 이윽고 머리칼이 초록으로 덮인다
바다가 되려나? 흔들리며 기울어지는 초록의 바다?
어디까지, 얼마만큼 물들까, 이 병든 꿈
벼락이라도 나를 정면으로 껴안아 줬으면—
죽음을 흉내내며 붉게 익은 종양을 두 쪽으로 동강내 줬으면—
말한다, 이 새빨간 수세미인 내가
당신의 상처를 북북 문지르며 말한다
아빠, 당신 발밑으로 주렁주렁 열린 감 몇 개만 따먹어도 되나요?
다리를 들어 보세요 밤이 무너지고 있어요
제발 여린 것들을 밟지 마세요, 아직 시간이 있잖아요!
살려 주세요, 루돌프 히틀러, 아빠?
연산군처럼 익살스럽게, 휘몰이 장단에 맞춰
도돌이표, 도돌이표, 빙빙 돌아
나를, 계속, 찌르고, 있는,
아빠?
당신은 어떻게 한 시간마다 커지나요?

나를 손에 쥐고 뜬눈으로 기도하는 아빠,
바람결에 누런 이빨 다 부러지는 아빠,
나를 놓으세요 십자가를 놓으세요
딸이 죽어요, 아빠를 밟은 채 죽어가요

안녕?

안녕?
나는 잘 있어요
잘 웃고, 잘 먹고, 잘 죽어요
어제는 왜 나를 빚었나요? 내가 두 개나 필요했나요?
그러나 안녕? 나는 웃어요
접시가 깨져도, 발톱이 자라나도, 오줌을 싸면서도
아아, 나는 하품을 하면서도 눈을 동그랗게 뜨죠

발에 차이는 많고 많은 나를 하나만 집어
삼켜 주세요 그리고 인사해요, 안녕?
내 꼬리를 떼어 목에 걸어 주세요
리본으로 묶어 주세요 꽁지가 빠진 나 같은 건
쓰레기통 속에 넣어 주세요, 그러나 살며시
넣으면서 인사해 줘요, 안녕? 웃고 있니, 안녕?

부다페스트에선 내가 한 명이래요
그곳에선 절대로 웃을 수 없다고 해요
밤이 되면 사타구니 사이에서 혹처럼, 버섯처럼
슬픔이 돋아나고, 난 곧 남자가 될지도 모른대요
부다페스트에선 안녕? 하고 인사하는 건 반칙이래요

무너지는 겨울 숲에서, 머리가 홀랑 벗겨진 늙은 나무들만
안녕? 말하고 죽는대요
바람이 불고, 낡은 아버지 같은 건 흔적도 없이 진대요

아아, 안녕—

밤마다 내 머리맡을 배회하는 시
그러나 끝내 잡을 수 없다, 손가락들의 마비
눈곱도 떼지 못한 채 사라지는 시
앞바퀴는 한 개, 뒷바퀴는 열 개,
비틀비틀 질주한다, 방향을 잡기가 어려운데
구멍이 뚫린 그물 속에 내가 걸려 들어가고 다리가,
다리 한 짝이 구멍 속으로 빠져 나간다 죽은 시간과 함께
불구의 몸으로 팔딱대며 한 개의 다리와
열 개의 손, 열세 개의 손가락, 마비!
구토하는 새벽안개, 멀리 방사한다, 나를,
내 다리를, 다리 한 짝을

죽은 나를 향해 종이들이 쏟아진다
한 장, 두 장, 세 장, 쏟아지는 병신들

시가 똥처럼 떨어진다
낳아 놓은 똥은 죽은 걸까, 산 걸까?
냄새가 나는 걸 보니 썩어가고 있구나
똥 주위를 휘이 돌아본다
이 죽어가는 걸 어떻게 살릴까

다시 내 속에 넣어볼까, 살아나려나—

그런데 너, 내가 더럽니?
내 시가 더럽니?

껍질이 있는 생에게

어느 날 갑자기 목소리가 낮아진 어린 남동생은
흐르는 시간에 침을 뱉으며 놀았다
나는 이따금씩 벌에 쏘였지만, 개의치 않았고
빨래를 개다, 엄마의 양말이 너무 작은 것이
다만 마음에 걸렸다

내 주머니 속에는 아침이 되어도 잠들지 못한
고된 별들이 뿌리를 내렸고
분홍빛 알약이 병약한 그들을 돌봤다

나는 걸어다니는 비명,
고여 있는 작은 웅덩이에 들어가 몰래 웅크려 있다가
사슴이나 먼지, 혹은 껍질이 있는 생에게
시집가고 싶다

동트기 전 길디긴 진통을 겪고
등에 혹 달린 낙타 한 마리, 낳고 싶다

가엾은 당신, 내 멍으로, 푸른 멍으로
기르고 싶다

내 여윈 손가락 닮은 그런 시 쓰겠다 다짐

이른 아침 학교 가는 길에 별안간 날벼락을 맞은 아이처럼 두려워 벌벌 떨고 있습니다. 누군가 날 두드려 주길, 날 꺼내가 주길 간절히 바랐지만, 이렇게 빨리 밖으로 나오게 되리라곤 생각지도 못했습니다. 눈곱도 못 떼고, 어리둥절한 표정으로 인사드리게 되어 숨고 싶은 마음뿐입니다.

아무것도 모르던 저를 오래도록 뱃속에 품고 기르다, 예쁘게 낳아주신 김사인 선생님, 제 시의 뿌리, 존재해 주셔서 감사합니다! ('옥동의 한 아이' 처럼 씩씩하게 걸어갈게요.) "너는 차오르는 달이다. 시가 목구멍까지 차올라 조금만 움직여도 울컥! 쏟아져 나올 때까지 써야 한다!"고 가르치고 붙잡아 주신 장석주 선생님, 감사합니다. 글쟁이로서의 삶을 직접 보여 주신 이만희 선생님, 하일지 선생님, 조병무 선생님, 귀한 가르침들 정말 감사합니다.

사랑하는 가족들과 친구들, 특히 아무렇게나 흩어지던 아버지, 눈썹부터 꼼꼼히 늙어가던 아버지, 감사합니다. 멀리 미국에서 응원해 주신 할머니, 할아버지께도 감사의 인사를 드립니다.

마음을 추스르고 그동안 습작했던 노트들을 꺼내어 보니 결코 가볍지 않은 낙서 형태의 글들이 만져집니다. "내겐 연필이 아닌 손가락 하나만 있어, 나는 여윈 손가락을 닮은 시를 쓸 거야. 내 시가, 내 덜 익은 김치 같은 날것의 시가 세상을 비출 수 있을 때까지 나는 손가락을 부지런히 깎고, 깎을 테야!" 능력도 없으면서, 대책 없이 목숨만 질겼던 저의 '꿈' 에게 키스를 보냅니다. 눈물을 흘리며 했던 이 다짐을 항상 기억하고 실천하겠습니다.

마지막으로 세상의 모든 시인들과 '부도 난 눈물공장'에서 아직 눈도 못 뜬 '아기 시인'으로 태어나게 해주신 심사위원님들께 고개 숙여 감사드립니다.

발랄하고 생생한 시어 매력적
경험·상상 아우른 솜씨 뛰어나

이 가을에 신인들이 쓴 새로운 시의 음성을 듣게 되는 것은 즐거운 일이다. 아무도 봐주지 않는 골방에서 자신의 내면의 목소리와 삶의 현장들이 반응하는 시적 사유를 개진하고, 한국어의 새로운 울림에 골몰하는 신인들을 생각하면 정말 뿌듯하다. 그러나 불행하게도 신인문학상은 한 사람의 신인만을 골라내야 한다. 전체적으로 예심을 통과하여 본심에 올라온 작품들을 읽고 나서 본심 위원들이 개진한 의견들은 공통되었다.

우선 시를 많이 써본 경험이 풍부한 응모작들이 많았다. 그러나 그런 작품일수록 편안하게 지금까지 우리나라의 시인들이 생산해온 시의 틀, 어조, 수사를 그대로 답습한 시들이 대부분이었다. 시를 쓴 사람의 목소리가 자신이 쓴 시의 어디에 숨어 있는지 생각해 볼 일이다. 반면에 패기만만하게 자신의 시적 스타일을 개발해본 응모작들의 경우엔 어법에 맞지 않는 오문과 생경한 관념의 직접 노출이 지적되었다. 왜 그런 내용을 유독 시라는 장르를 선택해 써야만 했을까 하는 장르에 대한 자의식이 필요하다고 볼 수 있겠다.

주영중의 작품들은 병치적 언술과 공간에 대한 사유가 새로웠다. 행인들이 스쳐 지나가는 찰나적 공간을 볼록하기도 하고, 오목하기도 한 렌즈로 낯설게 하여 탐구하는 그의 시적 전개 방식도 새로웠다. 「푸른 알을 낳는 거위」 등에서 구축한 공간은 하나의 회화 작품처럼 선명하게 다가왔다. 그러나 그 구축된 공간에서 암시적 목소리가 들리지 않거나 미약했다.

반대로 강호승의 작품들은 시간을 탐구했다. 진지한 목소리로 하루

박연준   67

중 어느 시간대에 처한 인간 군상의 다양한 모습을 이처럼 세밀하게 발굴해내는 시구들도 흔치 않을 것이다. 그러나 반복과 나열, 과다한 비유, 설명적 어투 등은 개선해야 할 문제로 지적되었다.

최영동의 시들은 얼핏 보면 밋밋하고 단순하지만 그 속에 나름대로 촌철살인의 지혜를 감추고 있었다. 더구나 단순한 시구들 속에 감춰진 슬픔의 정서는 시를 읽고 난 여운을 길게 했다. 그러나 심사위원들은 그의 소품이 아닌 작품들을 읽고 싶었다. 소품이 좋지 않다는 것이 아니라 몇 마디 작은 세밀묘사 속에도 커다란 규모가 숨쉴 수 있는 것이 시라는 장르가 품은 특징이기 때문이다.

박연준의 시들은 생동하고 자연스럽다. 다른 신인 작품과 비교해 보아도 그 어조와 언술 내용이 훨씬 생생했다. 자신의 내밀한 직접 경험과 욕망의 상처를 드러내는 상상적 경험을 결합하는 솜씨도 뛰어났다. 상투적이지 않고, 발랄했다. 자연스럽게 툭툭 던지는 말 속에 생의 비의가 담겨 있었다. 그러나 앞으로 계속 시를 써나가는 과정 속에서 자극적인 말들의 생산이라는 또 다른 타성에 젖을까봐 겁이 나기도 했다.

심사위원들은 박연준의 작품을 당선작으로 정하는 데에는 전혀 망설이지 않았다. 즐거운 심사 과정을 거쳤다. 새로운 시인의 새 목소리의 탄생을 축하한다.

심사위원 : 김혜순 · 이시영

박지웅

2004 〈시와사상〉 신인상
추계예술대학교 문예창작과 재학중
2005년 문화일보 신춘문예 시 당선

부산 해운대구 재송2동 1165-14
019-388-0002

■문화일보/시
즐거운 제사

즐거운 제사

향이 반쯤 꺾이면 즐거운 제사가 시작된다
기리던 마음 모처럼 북쪽을 향해 서고
열린 시간 위에 우리들 일가─家는 선다

음력 구월 모일, 어느 땅 밑을 드나들던 바람
조금 열어둔 문으로 아버지 들어서신다
산 것과 죽은 것이 뒤섞이면 이리 고운 향이 날까
그 향에 술잔을 돌리며 나는 또
맑은 것만큼 시린 것이 있겠는가 생각한다

어머니, 메 곁에 저분 매만지다 밀린 듯 일어나
탕을 갈아 오신다 촛불이 흰다 툭, 툭 튀기 시작한다
나는 아이들을 불러모은다 삼색나물처럼 붙어 다니는
아이들 말석에 세운다. 유리창에 코 박고 들어가자
있다가자 들리는 선친의 순한 이웃들

한쪽 무릎 세우고 편히 앉아 계시나 멀리 산山도 편하다
향이 반쯤 꺾이면 우리들 즐거운 제사가 시작된다
엎드려 눈 감으면 몸에 꼭 맞는 이 낮고 포근한,
곁!

꽃놀이패에 걸리다

빛이 고맙게 걸려 있는 반지하 창가
나는 반상에 빠져 있었네. 허를 놓아 실을 깨고
경쾌하게 뛰어나가 한판 겨루는 대마전大馬戰도 흥미롭네
장고를 거듭한 일격은 진작부터 읽혀버려
혼자 두는 바둑에도 승패는 있기 마련이네
묘수가 악수를 낳는 내 생각의 행마는
어처구니없이 달아나다 막다른 길에 서기도 하네
죽은 돌을 꺼내자니 벽도 함께 계가計家에 빠져 있어
오늘은 한 수 청하니 벽이 바싹 다가앉네

포석 지나 중반에 드니 반상엔 먼지가 이네
불 지피고 눈 '목目'자로 뛰어나가는 저편 행마는 가볍고
대마 쫓다 돌아보니 길 끊긴 돌들이 허탕에 빠져 있네
도마뱀꼬리처럼 끊고 달아난 자리마다 저려오는 침묵을 놓고
그제서 고개 들어 크게 한번 살펴보았네
서로 꿰어지지 않는 일로 배회하던 날이 보이네
길을 열지 못하고 마음 중앙에 무겁게 몰려 있던 얼굴과
중심을 잃은 팽이처럼 여러 개로 흩어지던 청춘과
반상 귀퉁이에 귀살이한 내 고단한 집이 보이네
가리지 못하고 뱉은 말 함부로 저질러 혹이 된 일

잘못 놓은 돌이 담처럼 결려오듯, 이 한판에 죄 들었네
어렵게 구한 내 삶의 약도.

돌을 놓고 밖으로 나오니
몸 뒤에 세상 내려놓고 높게 돌아앉은 벽
빛, 한줄기 고맙게 다녀갔네

난초무늬대자리항아리

그해 장마 전 항아리 몇이 정리되었다
사람 하나 들어 간신히 움직이던 틈이 열리고
뚜껑 잃은 대자리항아리 토담 아래 들이붓자
빗물의 오장육부가 비릿하게 쏟아져 나왔다
받은 빗물 위에 풍경을 재던 대자리항아리
감꽃 안고 독 속으로 뛰어들던 풍경까지 모두 쏟으며
아버지는 말이 없었다 독을 들어내면 흙에도
뼈가 나 있어 그 위에 날개를 키우던 귀뚜라미들
이런 소리로 뿌리내린 항아리 한 둘이 아니었다
빈 항아리는 옆으로 눕혀져 통째로 깨어지고
잘게 부술 때마다 그의 얼굴은 생니를 툭, 툭 뱉어내었다
가는 길도 보내는 길도 이 악물고 서로 길 내어 주던
풍경이 버려진 풍경을 거두며 깊어지던 생生의 뒤뜰
나는 집의 뒤가 자꾸 가라앉는 것 같았다
한 여자, 독방으로 지내던 그 속 우우— 소리 넣으면
밑동에서 손을 뻗던 육성肉聲에 기와처럼 떨어지던 얼굴
가슴 속도 가슴 밖도 벼랑만 남은
난초무늬대자리항아리.

나는
잡고 있던 항아리를 놓고 그 시대에서 멀어졌다

대관령옛길

저 아흔아홉 재 살아 넘으면
삼대三代를 갈고 남을 푸른 농지 있어
까치발로 넘겨보던 첩첩 하늘
바다 끌어올리며 잠자리 뒤척이던 사내는
그 길로 움막 나서 바다와 가약을 맺었다
이 령嶺에 처음 길을 낸 것은 응시다

서에서 출발한 도보 아흔아홉 바다 가는
대관령옛길 접어들어 생각건대
걷는다는 것은 길로 발을 씻는 것이다
오래 걷다보면 누구나 정갈해지는 길
먼저 발이 맑게 길들고
내 안에 주단처럼 깔리는 응시.

새 도로가 나고 대관령옛길은 나른하다
한시도 떨어지지 않던 질주가 잦아들고
길 모르는 차들 들어와 머뭇머뭇 나가는
지금 대관령옛길은 도로에서 길로 돌아가는
한적한 공사가 한창이다
물과 부리로 아침내 쓰다듬은 울음

제 짝 앞에 찰랑거리는 곤줄박이의 저 맑은, 흥분
아까시나무 단단한 녹음 끝에 흰 꽃 켜면
수줍은 열아홉 고백처럼 청설모 하나
보여줬다, 뒤로 숨기는
명자나무의 몹시 아름다운 한때.

이 령嶺에 처음 길을 낸 것은, 가약이었다

고양이 잡기

고양이를 잡을 때는 손에서 살기를 빼야 한다.

— 살기? 내가 그걸 죽이려 했단 말이야?
— 아니, 잡으려는 생각 말이야.

옳거니, 나는 생각의 근시를 벗는다
내 음성이 휘둘렀을 채찍이나 부름이 지녔을 목줄
재촉하여 부르고 낚아채려는 손을, 손에서 뺀다
몇 겹이나 포개어 낀 장갑 같은 생각, 생각!
내 손에 수갑처럼 달린 생각
네가 다니는 목마다 걸어놓은 올무와 포획, 치워낸다
누대累代에 거쳐 매복한 이 수렵의 기운!
한 놈 두 놈 걸어 나온다
— 나는 너에게 적지赤地였으니, 너는 생각이라는 불온한 종족을
발견했다
나는 손에 남은 포위를 걷어 낸다
정신 집중하여 손에서 집착을 떼어 낸다
생각은 집요하다, 독하게 붙어 파고드는 거머리들
나는 불을 들어 생각의 등을 쓸어내린다
떨어져 바닥에 우글거리는 무례하고 말랑한 생각들.

이제 나는 물체物體처럼 손을 내려 흐르는 물에 담근다
몸이 빠져 나간다 손끝으로 사람이 빠져 나간다
나는 장소가 된다, 나는 물 한 모금이 된다

이상한 재질로 만든 한 장의 은유

셀로판지, 그 속에 한 장의 바람이 불고, 한 장의 거리가 있고, 한 장의 전신주가 서 있다 그리고 한 장의 공장이 있다 셀로판지로 된 하천이 지나가고 둑길에는 따로 깔깔한 한 장 물소리가 흐른다 공장을 넘던 바람이 갑자기 공작처럼 날개를 편다 402호 창가에 앉아 그는, 눈에 셀로판지를 대고 있다 햇빛의 화려한 복장이 보인다 다시 지상으로 눈길을 돌린다 셀로판지 속으로 출근하는 사람들, 한 장의 여고생이 집에서 나온다 아름다운데 다리가 흐리다, 무지개처럼

저녁이 될 때까지 사내는 공장에서 눈을 떼지 않는다 공장은 나쁜 손버릇을 가지고 있다 중얼거리는 사내의 말은 말이 되지 못하고 입 속에서 빵봉지처럼 펴졌다 우그러진다 알 수 없는 용액을 하천에 타는 것을 보았다 그러나, 한 장의 개소리일 뿐이다 접수를 받았던 구청직원은 한 장의 의자에 앉아 느리고 긴 한 장의 팔을 접으며 한 장의 커피를 마셨다 그는 바닥에 힘을 주며 돌아섰다 비틀어지는, 바닥의 주름 따라 실내室內가 구겨지고 벽에 걸린 한 장의 시계가 불룩해졌다 그러나, 부피는 없다

셀로판지를 구기면 몇 날이 가도 손에서 소리가 났다 입 없이 태어났으나 움켜쥐면 입을 여는 것이었다 으스러지는 입으로 제 몸을 먹고 소리까지 모조리 구겨먹은 다음 손을 긁고 들어가 거기서 들릴

듯 말 듯한 소리로 우는 것이었다 밤새워 아작아작 돌아가는 세상, 손바닥에 들러붙어 떨어지지 않는 세상, 손에서만 한 대야씩 나오는 세상世上의 성분은 거의가 환각이었다 씻어도, 씻어도 바닥에 흐르는 허름한 미래, 402호 창가에 탈진한 빨래처럼 사내 구겨진 채 널려 있다

'시의 길' 목숨 걸고 달릴 것

'페르시아왕자' 라는 게임이 있었다. 마지막 단계에 이르면 도저히 건너뛸 수 없는 벼랑이 나타난다. 어떤 방법도 통하지 않는, 그 벼랑을 건너는 길은 어이없게도 그냥 달리는 것이었다. 달리면 그 허방에 길이 생기는 것이었다. 목숨을 걸 때 비로소 길은 몸을 내어주는, 시 앞에는 이런 투명한 길이 있고 그 의심을 견디게 해준 것은 시에 대한 믿음이었다. 그러나 믿음이 월등히 강한 것만은 아니어서 나는 자주 추락하였다. 그때마다 나를 일으키고 부축해주었던 것은 노부모의 지성과 병고와 땅에 버려진 사람들이었다. 나를 일으킨 것은 위대하고 거룩한 것이 아니라 작고 초라한 사람들, 나는 병들고 지친 것을 먹고 일어났으니 우선 그들에게 백배사죄하고 그 발에 입 맞추어야 한다. 아무리 나누어도 줄지 않는 보리떡 다섯 개와 물고기 두 마리가 든 광주리를 받은 듯 든든한 한나절을 보내며 감사드려야 할 선생님을 떠올리니 한두 분이 아니고 한두 군데가 아니다. 사방을 향해 절하는 것으로 대신하려 한다. 다만, 마음 둘 곳 없던 내게 서슴없이 책상자리를 내주었던 은영, 재훈, 추계문우, 〈시와사상〉 식구, 내게 언제나 기쁨인 황금펜시문학회 윤, 선, 화, 라, 호, 태는 따로 적는다. 끝으로, 자발적 수난자를 응원해주신 문화일보와 난사뿐인 내 시의 가능성에 이름을 걸어주신 두 분 심사위원님께 깊은 감사를 드린다.

감칠맛 나는 문장 묘한 울림

예심을 통과한 열다섯 명의 작품이 심사의 대상이 되었다.

예년과 비교해 볼 때 응모량이 크게 늘어난 것은 고무적인 일이다. 내용면에서는 전체적으로 삶의 궁핍과 고단함의 구체적 경험을 다룬 시가 의외로 많았다. 형식은 실험적이고 전위적인 경향보다는 무난한 스타일이 대부분이었다.

신인다운 패기와 독특한 개성이 느껴지는 작품이 쉽게 눈에 띄지 않았던 것은 아쉬운 일이다.

마지막까지 논의된 것은 박지웅과 노양식 씨의 작품이었다. 노양식 씨의 「푸른, 복어의 집」 외 2편은 시적 형상화의 능력이 탁월하다는 점에서는 주목을 받았으나 의미의 귀결이 단조로운 것이 흠이었다. 한 편의 시에 담겨야 하는 것은 분명한 결론이 아니라 음미할 만한 어떤 것이다. 이미지와 리듬, 사유 혹은 심리의 전개 과정, 그리고 말을 넘어서는 침묵과 여백까지, 그 모든 것이 언어예술로서의 시에서는 음미를 위해 존재한다는 것을 기억해 둘 필요가 있다.

박지웅 씨의 「즐거운 제사」 외 6편은 섬세하면서도 격조있는 언어감각으로 눈길을 끌었다. "기리던 마음 모처럼 북쪽을 향해 서고/⋯/산 것과 죽은 것이 뒤섞이면 이리 고운 향이 날까/ 그 향에 술잔을 돌리며 나는 또/ 맑은 것만큼 시린 것이 있겠는가 생각한다/⋯/삼색나물처럼 붙어다니는 아이들"(「즐거운 제사」)에서 보듯 감칠맛이 나는 문장, 마음이 스며 있는 언어, 한 편의 묘한 분위기를 빚어내는 솜씨는 보기 드문 것이다.

다른 시 「대관령옛길」도 언어에 대한 빼어난 감각을 뒷받침하고 있다. "제 짝 앞에 찰랑거리는 곤줄박이의 저 맑은, 흥분/⋯/명자나무의 몹시 아름다운 한때". 이견 없이 박지웅 씨의 「즐거운 제사」를 당선작으로 뽑는다. 당선을 축하한다.

심사위원 : 황동규 · 최승호

서영식

1973년 부산 출생
〈프리즘〉 시동인
2005년 매일신문 신춘문예 시 당선

서울시 은평구 응암동 111-48 미성프라임펠리스 304호
016-858-9080

■매일신문/시
집시가 된 신밧드

집시가 된 신밧드

대리석 바닥 틈으로 발을 밀어 넣은 이끼
널브러진 빵조각을 뜯어먹는 푸른 곰팡이
빌붙어 사는 것들도 푸르를 수 있는 그곳
서울역 지하도 바닥에 사내가 잠들어 있다
종일토록 모래를 이고 날랐을 머리칼 사이
탈출한 사막의 알갱이들도 빌붙어 잠잔다
맹독의 백사처럼 또아리 틀고 치켜든 고개
수건 하나만 사내를 지키고 있을 뿐이다
신밧드처럼 사내는 저 수건을 머리에 감고
대낮 온통 사막을 짊어 날랐을 것이다

신밧드를 태우고 날던 양탄자 끝이 풀려 있다
드문드문 찢어진 흔적, 상처들이 선명하다
갑자기 들이닥친 어둠에 길을 잃었을 양탄자
캄캄한 비행, 도시 어느 빌딩 숲을 헤치다
빌딩을 박고 도시 아래로 추락했을 것이다
사고는 어린 신밧드의 꿈들을 바스러뜨리고
양탄자의 나는 기능을 상실케 했던 것이다
영혼은 밤이면 막차를 타고 어디로 떠나는가
멀리 해가 뜨는 사막을 비행하는 꿈으로

양탄자를 돌돌 말고 잠든 신밧드

그가 따뜻해 보이는 이유는 무언가

잔 속의 창세기

갈증난 신, 세상에 물을 부어 마셔버린 후
다시 세상에 한 잔의 물을 채우셨지 않은가
창세 여섯째날 인간과 동물을 만드시고
그 전과 전의 날들로 빛과 물을 만드셨다는 창세기,
한 잔 맥주를 따르며 금세 만들어진 세상 하나를 본다
세상의 팔할이 두터운 땅이고 그 위는 곧장 구름이다
땅에 바짝 달라붙은 하늘, 그 사이엔 아무것도 없다
하늘이 땅을 시기하여 비 퍼붓는 일도
제 이마를 찧어 땅이 시커멓게 불타는 일도 없다
땅 위에 금을 긋고 내 땅 네 땅의 경계를 두어
총 쏘고 몸 치받는 일로 죽어갈 육체들
그 불필요한 인간의 껍데기 따위는 보이지 않았다
다만 생과 사가 눈 깜짝할 사이 끝나버리는
기포 같은 영혼들, 깊은 땅 속부터 시작된 생이
구름 속으로 끝없이 파묻히고 있을 뿐
인간의 생은 그토록 찰나의 시간이었다
신처럼 구름 위에서 세상을 내려다본다
잠시 후 신의 갈증을 이해할 수 있었다
제 영토를 넓히려 유리벽 밀어대던 기포들
그 싸움에서 거품이 거품을 잡아먹고

제 몸이 부풀어 결국 터져버리는 영혼들을 보며
신이 세상을 쓸어버린 이유를 알 수 있었다

지금도 신은 한잔 더 하시고 싶으신 걸까
구름 사이 반쯤 드러난 낮달이 신의 입술처럼
오후를 빨아대고 있다

체한 날의 사유

몇 번의 헛구역질 끝에
변기 속으로 풍덩 떨어진 살점
창자 깊은 곳부터 팽창한 바람이
명치에 걸린 살점을 밀쳐 올렸다
쏟아져 나온 살점의 끄트머리를 불던
쉰 바람의 조각들
제 낄 곳을 찾아 허공을 더듬는다
내가 뜯어 먹은 바람은
허공의 어떤 부위였을까
한 모금씩 밤을 뱉어내던 해소기침
언 물에 쌀을 씻는 소녀의 입김
그보다 더 지독한 허공의 조각을
나는 살점과 함께 씹고 삼켰다

허공에 바람조각들이 떠돌고 있다
등 시린 사람들 몰아쉬는 한숨
그 휘파람소리만 갈수록 커지고
우리는
살점과 함께 그들 숨결을 뜯어 먹으며
간간이 체하기도 하나 보다

텅 빈 위장으로 휑한 바람이 불어온다

옥탑 베란다

한강에 떠오른 촘촘한 베란다
저 건물의 태생도 터 파기부터였겠지
젖은 강바닥을 파고, 기둥을 세워 올려야 했을 거야
베란다가 위를 보고 선 저 건물의 설계는
층과 층의 경계를 없애야 한다는 것
베란다 살대 사이로 윗집과 아랫집의
소식이 거품처럼 오가는 집일 거야
위아래로 오가는 일에 계단은 필요 없겠지
저것 봐! 엘리베이터가 좌우로 움직이잖아
한강 표면에서 찰랑거리는 베란다
그 아래층부터 깊고 어두운 집들이 촘촘하겠지
빛도 들지 않는, 산소도 없는
정말 거긴 붕어나 쏘가리 따위에게
세나 줘야 하는 곳일지 몰라
가끔 옥탑 베란다에 사람 모습이 보일 때는
깊은 저층의 사람들이 숨을 몰아쉬러 옥상을 찾은 거겠지

촘촘한 베란다 하늘을 향해 뚫리고 담배연기 곧장 새가 되는
아름다운 옥상, 저 살 만한 옥탑방이
지상에도 있다면

엉킨 실타래 푸는 법

공 던지기 전 마운드에 선 투수가 삼루를 보며 쓱쓱 두어 번 땅을 밀잖습니까 그러면 지구 끝에서부터 썩은 땅들이 두어 발자국씩 철조망을 넘고 군중을 지나 야구장 매표소를 거꾸로 걸어가지 않겠습니까 그러면 얼마나 좋습니까 두어 발자국씩 바다 속 잠겼던 땅들이 모래를 털고 방긋거리며 일루로 걸어오지 않겠습니까 썩은 땅들이 푸른 바다로 밀려 들어가 지구 반대편에서 축축한 밀림으로 다시 태어나지 않겠습니까 죽여야 좋습니까 볼넷도 주고 홈런도 맞아야 쓱쓱 땅 미는 횟수가 많아지지 않겠습니까 지구 건너편엔 가난한 어린 타자가 타석에 서서 누더기 공을 주먹밥인양 기다리고 있을지도 모릅니다 그 아이 아버지가 이미 바다를 건너 타석에 서 있지 않습니까 그 공이 홈런으로 장외를 뻗어 바다를 날아 아이에게로 간다면, 다음 타자가 나오는 동안 쓱쓱 두어 번 땅을 미는 투수가 웃지 않겠습니까 태평양, 대서양 깊은 저층의 바다들이 두어 발자국씩 육지로 기어와 철조망을 찢고 환호하는 군중이 되었다가 다시 희망을 던지는 마운드로 봉긋 솟구칠 때까지 아웃을 없애면 어떻겠습니까

그렇게 지구 한 바퀴만 돌려본다면,
엉킨 실타래는 거꾸로 푸는 것이 낫지 않겠습니까

배의 밑동을 생각하다

1
사내의 손에 동전을 쏟았다
순간 훅— 끼쳐오는 바다냄새
덥수룩한 머리 위로 뻗은 옴폭한 손이
육지에 표류한 한 척 목선처럼 보였다
갈기갈기 찢어진 그물처럼 풀려 있는 손금들
움켜쥔 것들이 저 터진 그물 사이로
쏜살같이 빠져 나갔으리라
갈라진 배의 틈 사이에 박혀 있는 비늘들
분명 사내는 갈치 떼를 좇다 해일을 만났을 것이다
파도에 물어 뜯긴 배의 밑동이 쩍 갈라져 있고
더 이상 빠질 것 없는 틈으로 새나가는 바람
그의 부재한 다리 한쪽으로 파고들었다
목선의 양 옆으로 부러진 노의 끝들이
게눈처럼 나를 치켜보고 있었다

2
집으로 돌아와 하루 치의 때를 씻는다
등을 웅크리고 물을 뜨는 내 손을 보면서
움켜쥔 것들과 쥘 수 없는 것들을 생각했다

마디마디 촘촘한 그물을 가지고도
나는 왜 한번도 만선이지 못했는가

갈라져 있는 배의 밑동으로 새나가는 비눗물
하루치 간기가 거품으로 풀리고 있었다

사물의 입이 되어 크게 외치리라

함께 시를 읽으며 늘 격려하던 아내, 야윈 내 두 팔을 결국 푸르게 만든 아내 김현아와 딸 지민이에게 모든 기쁨을 넘기고 싶다. 사랑하는 장인어른과 장모님, 처제들, 그리고 언제나 든든한 내 형 서영준, 서영직, 하나밖에 없는 누나 서미화, 친형 같은 자형 정광석, 그리고 늘 곁에서 사랑해 주신 모든 분들에게 오늘을 빌어 머리 조아리고 싶다.

부족한 나의 손을 잡아주고 지적을 아끼지 않으신 동인 〈프리즘〉의 모든 가족에게 고맙고 사랑한다는 말을 전하고 싶다. 서툰 펜 자국에 채찍으로 길을 터주신 채석준 시인님과 훈훈한 '시마을' 양현근 시인님, 그리고 모든 문우들께 깊은 감사를 드린다.

신춘문예 당선, 그 한 통의 전화를 받고서야 온전한 입 하나를 얻었다. 입이 있으나 침묵하는 사람의 입이 되라, 세상 모든 무생물과 생물의 입이 되어 침묵만이 희망이 아니라는 것을 크게 외치라, 그렇게 소외된 모든 것들의 언어를 뱉으라고 온전한 입 하나를 달아주신 권기호, 정호승 시인 이하 모든 심사위원께 머리 숙여 감사드린다. 지치지 않을 것이고 희망 잃지 않겠다. 오직 사물의 입이 되어 살면서 이 은혜를 시로 대신해 갚아가겠다.

특이한 시적 상상력이 돋보여

예선을 거쳐 본심에 올라온 33편 중에서 다시 논의된 작품은 「집시가 된 신밧드」「무위도」「백설 호랑나비」「어린 골파」「오징어를 구우며」「옹이」「허공」「해변 여인숙」「남편의 외투」「엇각」「문진 메시지」「물속지도」 등이었다.

심사를 계속한 결과 최후까지 당선을 다툰 작품은 「집시가 된 신밧드」「어린 골파」「오징어를 구우며」「남편의 외투」「해변 여인숙」「엇각」이었다. 「해변 여인숙」은 한편의 풍경화를 능란하게 그리고 있는 솜씨는 좋았으나, 시적 밀도가 약하다는 의미에서 제외됐다.

「어린 골파」는 유년의 아픔을 골파 냄새와 연결시켜 젖어오는 서정적 물결로 처리하는 솜씨가 돋보였으나, 투고된 다른 작품들의 수준이 고르지 못했다는 것이 흠이었다. 이 점에서는 「엇각」도 마찬가지였다.

「오징어를 구우며」는 치열한 시정신이 돋보였으나, 굽고 있는 오징어와 화장터와 죄수의 연결이 매끄럽지 못한 것이 흠이었다. 마지막까지 남은 작품은 「남편의 외투」와 「집시가 된 신밧드」였다.

둘 다 놓치기 어려운 작품이었으나 시적 상상력이 유니크하다는 점에서 「집시가 된 신밧드」를 당선작으로 결정했다. 이 신인이 보여주고 있는 「엉킨 실타래 푸는 법」이라는 작품도 특이한 시적 상상력을 보여주고 있다. 당선작에서 노숙자의 모습을 유머와 페이소스가 섞인 시선으로 바라보는 시인의 눈을 높이 살 만했다.

심사위원 : 권기호 · 정호승

신기섭

1979년 경상북도 문경 출생
2004년 서울예술대학 문예창작과 졸업
2005년 한국일보 신춘문예 시 당선

서울시 관악구 신림9동 242-22
016-522-0583

■한국일보/시
나무도마

나무도마

고깃덩어리의 피를 빨아먹으면 화색和色이 돌았다
너의 낮짝 싱싱한 야채의 숨결도 스미던 몸
그때마다 칼날에 탁탁 피와 숨결은 절단났다
식육점 앞, 아무것도 걸친 것 없이 버려진 맨몸

넓적다리 뼈다귀처럼 개들에게 물어뜯기는
아직도 상처받을 수 있는 쓸모 있는 몸, 그러나
몸 깊은 곳 상처의 냄새마저 이제 너를 떠난다
그것은 너의 세월, 혹은 영혼, 기억들; 토막 난
죽은 몸들에게 짓눌려 피거품을 물던 너는
안 죽을 만큼의 상처가 고통스러웠다
간혹 매운 몸들이 으깨어지고 비릿한 심장의
파닥거림이 너의 몸으로 전해져도 눈물 흘릴
구멍 하나 없었다 상처 많은 너의 몸
딱딱하게 막혔다 꼭 무엇에 굶주린 듯
너의 몸 가장자리가 자꾸 움푹 패여 갔다

그래서 예리한 칼날이 무력해진 것이다
쉽게 토막 나고 다져지던 고깃덩이들이
한번에 절단되지 않았던 것이다

너의 몸 그 움푹 패인 상처 때문에
칼날도 날이 부러지는 상처를 맛봤다
분노한 칼날은 칼끝으로 너의 그곳을 찍었겠지만
그곳은 상처들이 서로 엮이고 잇닿아
견고한 하나의 무늬를 이룩한 곳
세월의 때가 묻은 손바닥같이 상처에 태연한 곳
혹은 어떤 상처도 받지 않는 무덤 속 같은

너의 몸, 어느덧 냄새가 다 빠져나갔나 보다
개들은 밤의 골목으로 기어 들어가고
꼬리 내리듯 식육점 셔터가 내려지고 있었다

가족사진

그들은 모두 맨바닥에 누워 있었다
저마다 간격을 두었지만 서로의 핏물이
커튼처럼 그 간격 꼼꼼히 닫아 주었다
무엇을 꼭 끌어안은 모습으로 누워 있는 여자의
발치엔 아기가 구토물같이 엎질러져 있었다
아파트 베란다마다 얼굴을 가린 여자들의
짧은 비명소리 같은 엄마!
(엄마, 언제부턴가 모든 엄마는 비명이었다)
깊이 파헤쳐진 무덤처럼 누워 있는 여자
얼마나 귀가 찢어질 듯한 짧은, 엄마인가?
혼자 멀찍이 떨어져 누운 여자의 사내는
여전히 술냄새를 풍겼으므로
그의 핏물은 거침없이 여자에게로 향했다
이제는 피로써 서로에게 스밀 수 있다는 걸
딱딱하게 굳어 떨어지지 않을 때까지
그들은 눈을 감지 않아도 알 수 있으리, 순간
카메라 불빛이 터졌다, 그들도 이 생에서
눈을 뜨고 가족사진을 박는다

눈물

족보族譜를 펼친다

투명한 발이 달린 눈물들이 기어 나온다

눈물들의 작은 발소리 옷 속으로 스며든다

눈물이빨들이 살을 물어뜯는다 상처 주는 법,

아주 잘 아는 듯 물어뜯은 곳을 간지럽게 만져주기도 한다

족보에 없는 그녀가 가슴에서 살아난다

그녀는 죽은 개미의 더듬이 같은 눈물로 방바닥을 더듬고만 살
았다

눈물이 그치지 않아, 그 목소리마저 눈물귀신의 것이었다

그녀의 눈물더듬이가 쥐약을 더듬고 한 자루의 칼을 더듬다가

내림굿을 더듬는 밤, 지금 그 밤이 가슴에 천둥처럼 온다

내 가슴 가득 북 두들겨 대는 소리 징이 울리는 소리

공중으로 솟구쳤다가 땅바닥에 내려앉는 발소리

쾅쾅쾅쾅 목구멍까지 굿판이 치솟는다 얼굴이 달아오른다

오른쪽 눈과 왼쪽 눈을 잇는 새파란 작두鵲豆 하나

그걸 사뿐히 밟고 날아올라 나의 두 눈에서 한 방울씩

쏟아지는 눈물손톱 눈물이빨 눈물더듬이를 가진 벌레 같은

작은 어머니들을 잡는 밤, 한판의 굿이 얼굴을 뚫고 나온다

울지 않으면 죽는다

1
세상에 나올 때 나는 울지 않았다고 한다 할머니가 나를 때렸다고
한다
오늘은 보답하듯 나도 그녀의 가슴을 때렸지만

2
당신이 기르던 새를 내가 맡았네 당신 박수소리에 울음을 울던 새
내 박수소리에는 울지 않는 새 가만히 보니 방전放電이 된 새 그 가
슴을 열고 힘세고 오래간다는 심장을 넣어주네 딸깍, 피 한 방울 같
은 붉은 빛으로 새의 귀가 밝네 내 박수소리를 듣는 순간 눈꺼풀처
럼 핏빛이 깜빡이네 귓속에서부터 몸 속까지 울음의 시간을 전하러
스며드네 뱃속에 품은 알, 전구가 부화할 듯 환해진, 새는 그러나 울
지 않았네 울음 터뜨리지 않는 갓 태어난 아기 때리듯, 새를 때렸네
그러자 다행히 파란 하늘을 건드리고 온 듯 점점 푸르게 밝아지는
새의 플라스틱 날개 그 두 눈 속에는 분홍빛 동공이 한 점씩 새겨지
네 울음을 바깥으로 밀어내는 것이 울음임을 알았을까 울음으로 꽉
잠긴 듯 환해진 새 다시, 박수를 치네 새를 울리네 또, 울지 않았네

등대가 있는 곳

위층에서 터진 물소리가 점점 커진다
그는 또 여자의 머리채를 잡고 노를 젓는다
여자의 몸이 욕실 바닥을 휘젓는 소리
살림이 난파되는 소리 비명소리 속으로
콸콸 물이 쏟아지고 있는 중이다
지난 오후 내내 베란다에 앉아 있던 여자의
흐느낌은 물소리였다 이내 길고 긴
골짜기가 되었다 붉은 화분이 하나 둘 흘러갔고
앞날을 모르고 웃고 있는 환한 사진들이 흘러갔다
불붙은 편지는 뒷걸음질치며 느리게 흘러갔고
우수수 머리카락들이 흘러갈 때
멀리 먼 바다의 문어대가리처럼 지던 태양은
먹물 같은 어둠을 갈겨 버렸다
그때 첨벙첨벙 어둠을 밟으며 장화 신은 그가 온 것이다
늘 바다 비린내가 나는 그의 몸,
그는 거친 뱃사람인 것이다 그러나
한번도 갑판에 올라 본 적 없는 선장
토막 나고 썩은 물고기들만 가득 싣고
그는 배의 바깥 손잡이를 끌며
허우적댔다 시장과 거리에서, 그는 자주 목격됐다

과중으로 인해 배의 뒤축이 침몰해 버릴 때면
그의 굽은 몸도 덩달아 들려 올려져 배와 함께
물 위로 입을 내민 고래처럼 포효하곤 했었다
해가 저물고, 그의 배가 여자의 골짜기 끝에 정박했던 것이다
흘러간 것들을 다시 건져 올라온 그가
어딘지 모를 먼 곳으로 항해를 시작한 밤
물소리는 끝이 없고
도대체 저들은 어디까지 흘러간 것일까
귀를 막고 창문을 내다보면 너무 많은
등대의 불빛, 불빛들

안 잊히는 일

시체를 머금은 그 붉은 물이
잠 속으로 쏟아지는 밤
20년 전의 할머니 손을 잡고 따라간다
윗마을 돈사豚舍 마당에는
변소에서 건져 올려진 불그스름하게 불어터진
돼지 사장 아저씨가 누워 있다
소방차 호스의 거센 물줄기에 씻겨지고 있다
봉오리를 활짝 터뜨리는 꽃처럼 아저씨의 몸이
물줄기에 터져 버리고 한 장의 빨간 혓바닥처럼
붉은 물이 구경꾼들의 발끝까지 밀려왔다
환한 봄인데
할머니, 왜 자꾸 내 눈을 가리는 거야
니코틴 내 지독한 손을 뿌리치자 나는
할머니와 나의 집, 단칸방 아랫목에서 눈을 떴다
눈을 뜨자 동그랗게 뚫린 지붕이 보인다
그 너머로 먹구름이 지나가고 있다
나를 여기서 건져 올려 주세요! 쏟아져 나온 내 비명이
메아리가 되어 다시 내 몸 속으로 들어와 갇힌다
할머니는 말없이 짐을 꾸리고
집 앞에서 고개를 쳐든 포크레인처럼

사납게 빚어진 먹구름들은 빗방울을 떨어뜨리고
점점 방바닥을 찍어대는 빗물에 쓸려
붉은 물이 자꾸 쏟아지는 잠, 내 눈꺼풀은
돼지 사장 아저씨의 터져 버린 몸을 쓸어 담던 쓰레받기처럼
이 밤에도 붉은 물을 안으로 안으로 퍼담는다

인공눈물 떨구며 웃고 슬펐다

얼마 전에 안과에 갔었다. 왼쪽 눈의 각막이 좀 벗겨졌기 때문이다. 검사 결과; 신기섭 씨는 눈물이 없습니다. 의사 선생님에 따르면 눈물이 없는 눈은 쉽게 상처가 난다. 안과의 처방전대로 약국에서 인공눈물을 샀다. 그걸 자주자주 눈 속에다 몇 방울씩 떨어뜨려야 했다. 당선을 알리는 전화를 끊고 난 뒤에도 인공눈물을 눈 속으로 떨어뜨렸다. 웃기고 슬펐다. 그것은 정말 꼭 한 편의 희극이었다.

플러그 빠진 냉장고 속의 고깃덩어리처럼, 두고 온 고향의 집이 머리 속에서 썩어 가고 있음을 느낀다. 할머니가 없는 빈집, 썩는 냄새가 후욱 풍긴다. 할머니가 너무 보고 싶었다. 오랫동안 죄책감에 시달려 살았다. 시가 당선되는 일이 9급 공무원 시험 합격 같은 것으로 생각하셨던, 할머니가 지금 곁에 계셨다면 많이 기뻐하셨을 것이다. 9급 공무원 감투를 쓴 나를 자랑스러워 하셨을 것이다. 우습지만 이제, 죄책감에서 아주 약간은 벗어날 수 있을 것만 같다. 그랬으면 좋겠다.

고마운 분들이 많이 계시다. 모교의 존경하는 은사님들, 김혜순 선생님과 신수정 선생님께 큰절을 드린다. 부족한 글을 뽑아주신 심사위원 선생님들에게도 함께 드린다. 곁의 문우들, 우리들의 김점진 조교님, 후배이자 선배이자 친구인 김원, 그리운 시골의 친구들, 서울의 친구들, 내 이름을 다정하게 불러주는 이들, 모두모두 고맙습니다!

그 누구보다도 정이에게 깊은 감사의 마음을 전한다. 겨울이 다 가기 전에 함께 고향집에 다녀와야겠다. 가족처럼.

존재론적인 고통 생동감 있게 풀어내

당선작을 선정하는 동안, 언어를 다루는 능력과 구성력이 뛰어난 시들이 많아 그 가치를 어디에다 두느냐에 대한 고심이 많았다. 결국 아름답거나 쓸쓸한 것들을 얘기하는 것만이 아닌, 뭔가 고통스러워도 육화되어 있어 속이 후련해지는 작품에 심사의 척도를 두는 데 이견이 없었다.

그런 맥락에서 신기섭의 「나무도마」를 올해의 당선작으로 뽑는다. 존재론적인 고통을 풀어냄에 있어서 고통의 근육을 느끼게 하는 생동감을 가지고 있을 뿐만 아니라, 이미지가 서로 오가는데 걸림 없어 자연스러웠다. "칼날도 날이 부러지는 상처를 맛봤다/ 분노한 칼날은 칼끝으로 너의 그곳을 찍었겠지만/ 그곳은 상처들이 서로 엮이고 잇닿아/ 견고한 하나의 무늬를 이룩한 곳" 같은 표현에서 볼 수 있듯이 통찰이 있을 뿐만 아니라, 무겁고 진지한 주제를 형상화하는 솜씨가 시를 오래 써온 장인의 결을 느낄 수 있었다. 당선을 축하하고, 시의 길을 가는 데 있어 몸을 끝까지 신기를 기대한다.

이번 응모작품들을 통해 한국 시의 현주소를 가늠해보았는데, 예술에 온 정신이 팔려 지극히 자아적인 것에 머물러 있거나 언어를 다루는 세련미에 몰두한 흔적들이 엿보여 보는 이의 마음을 아쉽게 했다. 함께 응모한 심은섭의 「북쪽 새떼들」과 「몸의 악보를 더듬어」의 박신규, 「대마찌」의 조길성 등도 최종까지 논의되었음을 밝힌다.

심사위원 : 김정환 · 장대송 · 함민복

윤석정

1977년 전북 장수 출생
2003년 원광대학교 국문과 졸업
현재 중앙대학교 대학원 문창과 재학
2005년 경향신문 신춘문예 시 당선

서울 동작구 흑석3동 79-17번지 대성빌라 B202호
010-7661-0828

■ 경향신문/시
오페라 미용실

오페라 미용실

능선으로 몰려든 검은 구름이
귀밑머리처럼 삐죽삐죽 나온 지붕에 한발을 걸친다
그 사이, 좁다란 골목길이 계단을 오르며 헉헉 숨 내쉬는 곳에
할아범 측백나무와 오페라 미용실이 마주 서 있다
그는 매일 미용실 바깥의 오페라를 감상한다
미용실 눈썹처마에 모아둔 나뭇잎 음표들이 옹알거릴 때
가위를 갈다가 번뜩이는 악보의 밑동,
백지에 오선을 긋던 어머니는 병세를 자르지 못해
머리에 자란 음표를 모두 빼내 옮겨 적었고
연주가 서툰 아버지는 가파른 골목길로 내려가 돌아오지 않았다
그해 오페라를 관람하려고 모여든 사람들은
측백나무에서 음표를 떼어 내던 앙상한 어머니를 목격하였다
어머니를 마구 흔들고 지나간 바람이 옥타브를 높이며
구름 떼를 몰고 오기도 했다
미용실 문이 열리자 그는 내내 벼려 예리해진 가윗날을 접는다
머리숱이 적은 손님의 머리카락이 잘려나갈 때마다
음치인 울음이 미용실에서 뛰쳐나간다
동네 아이들이 집으로 가는 길에선
울음이 두근거리는 아리아로 변주해 울려 퍼지고
측백나무에서 마지막 남은 음표가 눈썹처마에 떨어질 때

낮은 지붕 위로 함박눈이 음계 없이 쏟아진다
나뭇가지 오선지 끝에 하얀 음표가 대롱대롱 매달리고
악보에 없는 동네 사람들이 돌림노래처럼 몰려나와
희희낙락 오페라를 구경한다

지하철 공사장에서

공사구간에 도란도란 모인 포장마차
굴착기는 땅을 파헤친다
포장마차의 가랑이를 빠져 나온 사내가
황량한 보름달을 본다

공무수행중인 살집 좋은 망치가 들어선
사내의 집 안은 비좁다
세간을 흩트려 놓던 망치가 허술한 달을 두드린다
사내는 유곽에 머물다가 도회지 뽕밭으로 간다

굴착기는 바삐 공사중이고
명주실을 뽑아 두 가닥 철로를 놓는다
누에들은 굴착기가 지나간 맨땅에 모여
느닷없이 이사를 준비한다

한편 사내는 둘레에 생솔가지와
흙을 적절히 섞어 벽에 두른 다음
빗물에 젖지 않을 만큼만 뽕잎 지붕을 덮는다
안에선 알알이 입 다문 유충들이 새로이 실을 토해낸다
사내의 망치질이 눈부시다

포장마차가 있던 자리에서 공사를 마친 2번 출구
낮술에 취한 바람이 철로 따라 비틀비틀 지나간다
너희들도 공사를 마치고 왔더냐
출구 앞, 굴착기가 이주시킨 나뭇잎들이
햇살에게 붉은 수혈을 받으면서
사내의 뽕밭에 산란기가 시작된다

대꽃 피는 시절

방죽 끝자락에 앉아 온종일 낚시를 한다

부레를 부풀리며 유영하는 한 마리 물고기를 본다 나는 무심코 지
렁이를 코뚜레처럼 구부러진 바늘 끝에 끼운다

낚싯줄이 묶인 대나무로 수면을 세차게 때린다

산판에서 긁힌 앙칼진 나무의 손톱자국이 어깨를 아리게 한다 회
생 연고 바른 나의 상처자국보다 빠르게 낚싯줄이 남긴 흔적을 지우
는 물살의 살갗

나의 재간으론 당해낼 수 없는 속도가 낚시 바늘에 나를 끼운다
이를테면 미끼를 한입에 삼켜버리려던 물고기가 입질만 하곤 솟구
치며 물수제비 뜰 때처럼 나를 본체만체 하는 물고기의 밥이 되고
만다

일과에 맞춰 지렁이를 새로 끼우고 차가워진 도시락을 먹는다

이른 아침, 아내 몰래 낚시도구 챙기며 본 녹슨 연장들이 밥알과
함께 씹힌다 정년에 대궁 이룬 대꽃이 대나무를 베면서 흩날리기 시

작했고 나는 아무렇지 않게 집에서 나왔다 입질을 여러 차례 시도하
지만 밥알이 목구멍에 들어가려 하지 않아 물고기에게 톡톡 뱉어준
다

　마음을 낚아채던 수면에선 대꽃이 피어 있다

흰코뿔소

우리 가장자리에서 햇살을 덮고 잔다
햇살 조각이 살갗의 더께가 된다
더께를 뚫고 나온 뿔이 꼿꼿하다
다리를 안으로 말아 넣고 마치 너럭바위처럼
아주 오래 전부터 여기 누워

어느 강가 숲에서부터
코끼리 같은 기중기로 부두에 내려질 때까지
우렁차게 내뿜던 콧김이 더는 없는지
창살에 들어찬 타국의 낯선 공기마저
살갗에 엉겨 붙는 강철이라 여겼는지
바람이 부스러기를 떨어뜨리고 지나가면
덕지덕지 걸친 누더기를 끌어안고
뒤척거림 없이 여기 누워

짱짱한 햇살이 그의 뿔끝을 밀고 있어도
겹겹이 세운 울타리를 향해 돌진한다면
그의 가족은 뿔이 코에 장식된 게 아니야
풍화작용으로 뿔이 퇴화된 게 아니야
집으로 돌아올 때까지 기다린다고 할까

전혀 움직일 채비도 없던 국적불명인 그가
살갗의 더께를 털어내며 뿔을 꼿꼿하게 세운다

봄밤에 아득한 소리는

싸라기처럼 수런거리던 비가 멈췄다
슬레이트 지붕에 감꽃이 떨어졌다
부엌의 아궁이에서 검부러기 같은 옛이야기가 풀리기 전
귀 열던 안채 창호지 문짝이 덜렁거렸다
첫날밤 손가락으로 뚫은 구멍에서
수백년 묵도록 붉게 익은 감내음
문門에 꽃문양 새기고 있었다

물렁물렁한 물고기

물렁물렁한 착상을 주무른다 손에 잡히면 금방 증발되거나 흐느적거리며 내려앉는 형상이 된다 유산시킨 영혼이 떠도는 팔레트에 물고기 뼈를 고아서 만든 아교를 섞는다 영혼의 입김을 불어넣으니 사라진 속살이 차오르고 비늘이 감싸진다 생리통처럼 지느러미를 빼낸 물고기가 퍼덕거린다 불현 그림판에 물살이 일렁인다 창세 이후 흙이 사는 강가에서, 아기 도요새가 곤히 잠든 둥지에서, 이름 모를 온갖 벌레와 어린 측백나무와 넝쿨장미가 장악한 계절에서 이데올로기 없이 유영하는 물고기를 본다 붓끝에서 솟아오른 물고기가 연골에 힘을 넣는다 텅 빈 하늘이나, 으슥한 숲이나, 넓죽한 들녘을 배경으로 상상을 넣어 버무린다 아가미가 수면으로 뿜어내는 공기방울을 놓치지 않는다 물고기는 갑작스레 숨을 멈추고 물밑으로 숨어버린다 덜 여문 태아가 주검으로 부웅 떠오른다 환상통을 견딜 때돋은 지느러미로 알아볼 수 없이 퉁퉁 불어난 형상을 그녀는 만진다

겨울가뭄 극복할 큰힘 생겨

거주민만큼 계단이 많은 동네, 흑석동에서 겨울을 두 번 맞는다. 시간은 어떤 맨홀에 빠져 허우적거렸을까. 되돌아보면 어둔 구멍에 빠져서 며칠 묵었다고 여기게 된다. 애벌레처럼 웅크린 잠에서 깨던 날이면 창밖에 내리는 빗소리인지 녹슨 수도꼭지에서 물이 새는 소리인지 알 수 없는 소리가 들릴 때가 많았다. 그런 소리들은 적막을 밀어내는 음계 같은 거였다. 혹은 내 가슴 속에서 총총히 계단을 만드는 시 같은 것. 나는 반지하방에서 꿈틀거리다가 다시 잠이 들곤 했다. 가끔 퇴고를 하는 꿈도 꾸면서.

고교시절, 나의 유일한 친구는 시였다. 나의 마음을 가장 잘 이해해주는 소중한 존재로 어느새 자리매김하고 있었다. 시가 내 곁에 그냥 있는 게 아니라고 알았을 때부터 나는 절망을 알게 되었다. 줄곧 비가 내리던 날이 많았다. 겨울이 오면서 눈이 내리길 간절히 기다렸다. 내게 있어 희망이란 어디서나 공평하게 내리는 눈발 같은 거였기에. 눈 쌓인 거리를 이유 없이 걷고 싶었다. 꼭 그래야만 지금을 견뎌낼 수 있을 것만 같았으므로. 드디어 청천벽력처럼 전해진 당선소식은 눈발이 되어 쏟아졌다. 그 순간 나는 사유의 계단을 찬찬히 오고 내리게 해준 흑석동이 참 고마웠다.

나의 긴 겨울가뭄에 눈발을 내려주신 두 심사위원 선생님께 감사드립니다. 시를 알게 된 순간부터 기꺼이 친구가 되어주신 안도현 선생님, 이 자리를 빌려 깊숙이 고개 숙여 감사드려요. 고마운 분들이 너무 너무 많습니다. 존경하는 교수님들. 묵묵히 믿어주신 이승하 선생님, 나에게 내릴 눈발을 간절히 기다린 지우 경주. 끊임없이 부는 바람 태

건형 유억형 성철형 미숙누나, 뜨거운 피 양묵형, 승수형. 문화흡혈귀 현정, 유쾌한 의문으로 남는 명진, 모든 친구들. 내 시의 고향 그루터기, 시동 기중 미연 상혁 병훈, 생각만 해도 치열해지는 원광문학회, 멋진 14기 동기들, 선후배님들, 늘 건강한 재덕, 나에게 랩에 눈뜨게 해준 PT 태관, 포에티카 선배님들. 식충이를 한없이 믿어준 사랑하는 부모님과 뚝섬 고모, 미순 석완 언제나 봄날 같은 누나 미선 내 귀여운 동생 석민. 나를 스쳐간 인연들께.

이제는 길이 가려진 눈길을 더 힘차게 가야겠습니다.

발랄한 상상과 비유 돋보여

    예심을 넘어온 시편들의 기교적 수준은 일반적으로 높았으나 개성과 다양성이 조금 부족한 듯한 느낌이었다. 한 편의 시란, 아무리 작은 규모의 작품이라 할지라도, 재현(현실)의 축과 표현(개성)의 축, 그리고 언어(기호)의 축을 가지고 있게 된다. 어느 한쪽이 너무 과부하를 받거나 결핍되면 진정한 시의 역동적인 생명감이 태어나지 않는다. 시 텍스트는 그러한 삼위일체 긴장의 아비투스 속에서 고유한 생명의 빛을 발하게 된다.

    많은 응모작 중에서 심사위원은 최명희의 「비닐하우스」와 이해존의 「이곳은 난청이다」, 윤석정의 「오페라 미용실」에 주목했다. 「비닐하우스」는 현실감각과 현실의식은 뛰어난데 시 속에 들어 있는 이야기와 이미지의 전개에서 조금 상투성이 엿보였다. 누군가 한번 해본 소리 같다. 아니 누군가 한번 해본 소리라 하더라도 자기만의 상상력과 언어의 힘으로 표현해낼 때 새로운 자기 작품이 태어난다.

    「이곳은 난청이다」는 아주 단단한 작품이다. 그러나 상상력에 한계가 있는 것 같고 '나는 비참하다' 라는 엄살기가 조금 엿보인다. 그러나 이미지의 전개에 밀도가 높고 단단해서 적지 않은 재능을 느낄 수 있다.

    윤석정의 「오페라 미용실」을 당선작으로 선택하는데 두 심사위원은 전혀 주저하지 않았다. 「오페라 미용실」은 '늙은 측백나무' 와 '미용실'이 마주 보고 서 있는, 어딘가에 존재하고 있을 것만 같은 낯익은 마을 풍경을, 신선한 상상력과 생생한 비유로 하나의 생동감 있는 음악 공간으로 변형시킨다.

    현실 감각도 없지 않고 그렇다고 해서 진부한 재현의 세계는 아니며,

아주 발랄하고 풍부한 상상력인데 그렇다고 낯설게 멀리 나아가지도 않았다. 말하자면 재현의 세계와 표현, 언어의 세계가 잘 어울려 아주 맛있게 배합된 시의 맛을 그득하게 한 상床 잘 차려 놓았다. 어디까지나 요약과 압축을 전제로 하는 한 편의 시는 잘 차려낸 '모국어의 한 상床 성찬이어야 한다'는 시의 매력을 잘 보여준 이 시인은 다른 응모작인 「마늘」에서도 그 섬세하고도 단단한 재능을 보여준다. "만삭인 나는 아랫배 쓸어본다./ 아기는 얼마나 여물었을까/ 어머닌 내가 태아였을 때도 씨 뿌려두고/ 탯줄이 잘 이어졌는지, 더듬이가 돋은 마음/ 자라는 것에 먼저 닿게 했으리라"와 같은 아름다운 섬세함과 상상력의 고요한 역동성은 살아 있다. 더욱 정진하여 대성하기를 기대한다.

심사위원 : 신경림 · 김승희

윤진화

국립서울산업대학교 문예창작학과 졸업
명지대학교 일반대학원 문예창작학과 석사과정 수료
현재 〈시천詩川〉 동인
2005년 세계일보 신춘문예 시 당선

서울시 용산구 후암동 115-4
010-2243-4737

■세계일보/시
모녀母女의 저녁식사

모녀母女의 저녁식사

배추김치.... 파김치.... 상추겉절이.... 오이소박이.... 어머니....
....어머니.... 우리 집 식탁에는 온통 풀뿐이네요
우리의 저녁 식사는 말들이 좋아하겠어요
보세요? 하얀 접시 위에 그려진 말이 우리보다 먼저
우리의 저녁 식탁에 와 있잖아요. 그래요. 거기요. 가만히,
아이처럼 귀를 기울이면,
어디선가 또 다른 말이 들길을 지나 마을 건너
가난한 우리 식탁으로 달려와요. 들리세요?
주인을 버리고 달려오는 말울음 소리요
저기 먼 곳에서는,
젖가슴 하나 달린 여자들이
안장도 없는 말을 타고
드넓은 대지를 흔들며 산다던데.... 히잉! 어머니
주홍빛 하늘이 몰려와 대지를 덮으면
동그랗게 몸을 웅크린 여자들이
말갈기 같은 머리카락을 휘날리며
우리 식탁을 향해 자신의 말들을 찾아
고단한 하루치 태양을 쉬게 하고 달려와요
....히잉! 어머니
당신이 좋아하는 딸기 아이스크림이 녹을 때처럼

하늘이 물들어갈 때, 그녀들이 달려와요
가슴 하나를 도려낸 그녀들이, 자꾸만 자꾸만
초대받은 손님처럼 달려와요
어머니, 유방암에 걸린
아마존의 여왕, 히폴리테여
듣고 계신가요?
전사들이
우리의 밀림으로 몰려오는 소리,
그 침묵의 소리들이요
…히잉! 어머니.

오래된 빵집

닫힌 가게 안은 어둡다 낡은 미닫이문에 붙은 달력 속, 붉은 웃음을 지닌 여인의 달 같은 가슴이 부풀어오른다 말없는 여인이 또르르 륵. 웃으며 넘치는 우유를 컵에 따라준다 말간 흰빛이 가게로 스며든다 희미한 관찰을 유지한다

혀를 닮은 맨드라미가 보인다 검은 씨앗을 품고 있는 그 시선이 조용하다 맨드라미가 꿈틀거리며 다가온다 나를 향해 낼름거리며 다가온다 여인이 입을 막고 달력 속에 있다 다소곳이 가게를 보고 있다 눈을 돌려 선명하게 바라본다

여인은 입술 위에 둥지를 튼 웃음을 가리고 있다 발 밑을 보고 있다 뒹굴며 웃고 있는 맨드라미가 보인다 맨드라미를 창틀 위, 화분에 묻는다 일상 속으로 검은 씨앗처럼 사거리 빵집 속에 파묻힌다

지나가던 사내가 닫힌 가게 셔터를 술 먹은 구둣발로 걷어찬다 여인이 그려 있던 달력이 불안하게 툭, 떨어진다 여인의 입에서 여섯 개의 발가락을 벌린 거미가 성큼성큼 걸어나온다.

연못 위의 여자

이곳에 닿는 햇살은 하늘부터 시작된 시침질 같아요
한 땀 한 땀 내려와 수를 놓아 가는 빛살
물푸레나무 스쳐 가슴께 지나고 있는
빛의 걸음 따라 나는 연못을 바라봅니다

손 내밀면 일그러지는, 이 여자 울고 있네요
물 속으로 떨어지는 빛줄기에 아픈 건 아닐까
바늘귀를 대는 햇빛에 다친 건 아닐까
지금, 여자의 얼굴 위로 물푸레 잎이 떠 가고 있어요
날카로운 한낮을 순항하는 구름 따라 떠 가고 있어요

수면은 물푸레잎을 떠받들고
빛은 물을 통과해 그들을 꿰매는,
조용하지만 따가운 오후
푸른 연못 위의 한 여자.

히말라야시다 구함

　봉제공장 박 사장이 팔십만 원 떼먹고 도망을 안 가부렀냐, 축 늘어진 나무 맹키로 가로수 지나다 이걸 안 봤냐, 히말라야믄 외국이 닝께 돈도 솔차니 더 줄 것이다, 안 그냐 여그 봐라 아야 여그 봐야, 시방 가로수 잎사구에 히말라야 시다 구함이라고 써 잉냐, 니는 여즉도 흐느적거리는 시 나부랭이나 긁적이고 있냐, 그라지 말고 양희은의 여성시대에 글 보내봐야, 그라믄 대학교 사 년 대학원 이 년 글 쓴다고 독허게 징했으니께 곧장 뽑힐 거시다, 거그는 김치냉장고도 준다니께, 그나저나 아야 여그 전화 좀 걸어봐야, 누가 시다자리 구했음 어찌냐 히말라야도 조응께 돈만 많이 주믄 갈란다, 아따 가스나 전화 좀 해봐야, 포돗이 구해온 것이랑께, 여그여 여그, 볼펜 놔두고, 그려

　＊ 히말라야시다 : 세계 3대 공원수에 속하는 나무

난쟁이가 쏘아 올린 작은 공

검은 하늘, 누군가 뭉텅 베어 먹은 달 하나
저 높은 언덕 위를 내려오는 자 누구인가?
그것은 황씨와 병색 짙은 황씨 아들이다
황씨는 모포에 덮인 아들을 업고
조용히 내려오고 있다

– 아들아, 너는 왜 겁에 질려 얼굴을 묻고 있니?
– 아버지, 저 차가운 얼음마녀가 보이지 않나요
　검은 휘장을 온몸에 두르고 갖은 보석으로 치장한 마녀 말이
에요
– 아들아, 그것은 휘장처럼 넓은 스모그란다
– 아버지, 아버지. 그런데 들리지 않나요?
　마녀가 습기 먹은 소리로 나를 유혹해요
　아버지, 아버지. 저기 어둠 속에
　마녀의 딸들이 춤추는 모습이 보이지 않으세요?
– 아들아, 아들아 잘 살펴보렴.
　그것은 집을 찾아가는 사람들의 헤드라이트 불빛이야.
　아들아, 이 시간이 너와 함께 섞여서 어느 골목
　모퉁이 지나 이층집 빨간 벽돌에 스미어
　세월을 쌓고, 그 견고한 시간을 보는 동안

너는 한 여자의 아버지가 되고
한 아이의 아버지가 되고
그 아이의 아버지의 아버지가 되겠지
– 아버지, 아버지. 마녀가 저를 데려가요!
  마녀가 저를 아프게 해요!

아버지는 삐걱, 거리는 다리를 재촉하여
신음하는 아이를 업고
가까스로 아름다운 세상 병원에 다다랐지만
등 뒤의 아이는 이미 차갑게 식어가고 있었네.

* 이 시는 괴테의 〈마왕〉을 모작했습니다.

바라지창 로망스

선한 아들은 바라지창살에 꽃잎 새긴다
빛이 들어와 스밀 때마다
할머니 몸 위에 한 송이,
두 송이 피어나는 검은 꽃
꽃밭에서 노는 아이처럼 꽃을 따다
입에 물기도 머리에 꽂기도,
배냇적 친구 종례 이름도 부르고
먼저 간 노름꾼 남편 욕도 한다
문 밖에서 들썩대는 파도
이녁을 사내처럼 넘본다
옷깃을 여미고 문을 걸어 잠근다

거품 뱉는 파도는 시비 거는 건달이다
바라지창은 사지를 떤다
꽃동산에서 나비를 잡는 할머니
죽은 남편이 귀 뒤에 흰 국화를 꽂아준다
사방침 위로 남편이 날아다닌다
파도가 문을 덕컥, 덕컥 당긴다
자지 큰 사내가 욕보일라 한다
무심한 남편은 나비 따라 창을 넘어간다

아들이 문 연다
창틈에 쌓여 있던 인분이 꽃밭에 날린다
할머니가 바다를 달린다
저기 남편이 나비따라 바다 건넌다
할머니가 남편따라 둥둥 파도 탄다
시집올 때 입은 단홍 치마가 젖는다
바다가 허연 이 드러내고 사지 물어뜯는다
아들이 검은 꽃을 건져 품에 안는다
폭풍 지난 바다가
아들 발을 입 속에 넣어 핥는다

열심히 쓰겠습니다

올 한해 더 건강하시고 복 많이 받으시길 기도하겠습니다.

이번에 당선된 시는 제 시 중에 어머니가 가장 좋아하는 시입니다. 그래서 본심 심사위원들께 더더욱 감사드립니다. 열심히 쓰겠습니다!

할머니! 당신처럼 곱고 따뜻하고 깔끔한 분이 세상을 떠나려 하신다는 의사의 말이 믿기지 않습니다. 제발 부탁이니 지금은 가지 마세요. 전에 말씀하신 앙고라 스웨터, 이참에 좋은 걸로 사드릴 수 있다고요. 그리고 지금은 너무 춥다고요.

시계 속, 작은 톱니가 큰 톱니에게 머리를 지긋이 눌리며 내지르는 비명— 착각. 이 끔찍한 아비규환에 하루를 열고 닫고, 웃고 우는 아둔한 착각. 이 시간이 영원히 지속되길 바라는 맘— 착각. 저 무수한 착각의 셔터를 누르는 거역할 수 없는 시선.

Thanks to: 서형순 여사, 테오 같은 동생들과 안나, 아득한 이국의 언어 아버지, 사랑하는 ZEUS, 우리는 시를 믿는다. 시천詩川, 언제나 그 자리 선배 미영, 허방을 향한 농담 스스와타리, 너무 고마운 사람 승렬이 아재, 하늘 아래 효부 큰엄마 황숙자 여사, 삶을 연극처럼 연극을 삶처럼 연극마당, 획을 긋는 국립서울산업대학교 문예창작학과, 따뜻한 명지대학원 문예창작학과, 참삶 참문학 어의문학회 · 19기, 국정호,

이주영, 김주현, 박상남, 최혜선, 전지원, 경아언니, 안치윤 · 박수현 부부 그리고 기꺼이 시가 되어준 여러분의 삶.

　Special Thanks: 아픔을 드러내는 법 닥터. 키팅, 한걸음에 달려와 안아주신 이사라 선생님, 죽기 직전에 만난 정신과 주치의 시詩와 '아무도 몰래 묻어주고 싶었던' 그들의 시집詩集에게, 예심 심사하신 선생님께.

당선작 발상 탁월… 우리 시 지평 넓힐 것

윤진화, 강호정, 이우경의 시들을 가장 재미있게 읽었다. 윤진화의 「모녀母女의 저녁식사」는 발상이 아주 신선하다.

풀뿐인 식탁-말-아마존의 여왕 히포리테-유방암에 걸린 어머니의 연상도 재미있지만, 이미지가 청승맞거나 구질구질하지 않고 쌈박하고 날렵한 점도 호감을 갖게 한다.

많은 사람들의 시가 내용이나 형식에서 서로 닮아 있는 데 반하여 이 시는 다른 사람의 시와 전혀 같지가 않다. 사물을 보는 시각이 다른 사람과는 본질적으로 같지 않음을 말해주는 대목이리라.

역시 어머니의 잃음을 노래한 「두 개의 꿈」도 뛰어난 시다. 슬픔이니 아픔이니 하는 직접적인 표현 한마디 없이도 더 강하게 그것을 느끼게 하는 점, 시인의 만만치 않은 솜씨를 보여 주고 있다.

강호정의 시는 많은 것을 생각하게 하는 시다. 시를 통해서 삶과 죽음의 문제며 진실을 찾아가는 자세도 돋보인다. 「몸을 들여다보는 순간」이며 「선언에 대하여」는 시적 완성도나 안정감에 있어 결코 손색이 없지만, 다 죽음을 다룬 시여서 신춘시로서는 좀 무겁다. 당선 여부에 관계없이 좋은 시인이 될 자질을 가지고 있는 것 같다.

이우경의 시 중에서는 소시민의 삶의 모습이 잘 드러난 「문패」가 가장 뛰어나다. 이미지도 선명하고 표현도 아주 매끄럽다. 그러면서도 억지가 없고 자연스럽다. 흠잡을 데 없이 날씬하게 빠진 시라는 칭찬이 조금도 과하지 않을 것이다.

한데 다른 시들이 뒤를 받쳐주지 못한다. 너무 편차가 심한 점은 조금 안심이 되지 않는다.

이상 세 사람의 시 중에서 윤진화의 「모녀의 저녁식사」를 당선작으로 뽑았다. 이 시가 가진 분방하고 건강한 상상력은 우리 시의 지평을 크게 확대할 것으로 기대되는 바, 앞으로의 활동에 크게 기대를 건다.

심사위원 : 유종호 · 신경림

이영옥

2002년 경남신문사 신춘문예 시 당선
2003년 방송대 문학상 시 당선
2004년 계간지 《시작》 신인상
부산대학교 사회교육원 소설 창작과 수료
한국 방송통신대학교 국어국문학과 재학중
2005년 동아일보 신춘문예 시 당선

부산시 금정구 남산동 954-9번지
010-7159-9388

■동아일보/시
단단한 뼈

단단한 뼈

실종된 지 일년 만에 그는 발견되었다 죽음을 떠난 흰 뼈들은 형태를 고스란히 유지하고 무슨 소리에 귀를 기울이고 있었다 독극물이 들어 있던 빈 병에는 바람이 울었다 싸이렌을 울리며 달려온 경찰차가 사내의 유골을 에워싸고 마지막 울음과 비틀어진 웃음을 분리하지 않고 수거했다 비닐봉투 속에 들어간 증거물들은 무뇌아처럼 웃었다 접근금지를 알리는 노란 테이프 안에는 그의 단단한 뼈들이 힘센 자석처럼 오물거리는 벌레들을 잔뜩 붙여놓고 굳게 침묵하고 있었다

돛배 제작소

그의 좁고 어두운 창고는
바다를 낀 비탈길에 매달려 있다
작업대 위에는 선풍기 한 대가
성능 떨어진 스크류처럼 꺽꺽거리고
가끔 죽은 생선을 입에 문 갈매기들이 힐끔거렸다
저녁이면 그는 절벅거리는 석양에 전신을 담그고
초판 인쇄본인 낡은 해부학 책을 탐독한다
그가 읽는 해부학 책의 대부분은
휘어진 척추와 절망에 눌린 늑골을
잘라내는 방법이 기술되어 있었다
노련한 마도로스가 되고 싶었던 그는
통나무를 파낼 때마다 깊어지는 허공을 밟고 내려갔다
설계도면에는 오래된 고뇌까지 꼼꼼히 그려져 있었고
돛배가 하나씩 완성될 때마다 그의 환멸은 정교해져 갔다
번번이 출항이 연기되었던 이유는
자로 잴 수 없었던 용기의 오차 때문이었고
환기통을 찾지 못한 공기들은 녹슨 바람 소리를 냈다
그는 드라이버로 세상의 귀퉁이에
임시로 꽂혀 있던 자신을 풀어낸다
완벽한 조립은 완전한 해체를 의미하는 걸까

톱밥 같은 날들을 훌훌 날려 보내고
그의 돛배는 오늘밤 어디론가 흘러갈 것이다
통나무에서 밀려나온 나무껍질은
시멘트 바닥에서 알몸을 검게 말았다

앵무새의 저녁식사

하늘은 심각했고 정오가 되자 잔뜩 화난 포도씨 같은 햇살이 틱틱 거리며 흩어졌다 외출에서 돌아온 남자는 앵무새의 저녁식사를 준비했다

남자는 새장을 등지고 검고 싱싱한 야채를 썰었다 냄비 속에 들어간 거짓말들은 제각기 다른 목소리로 말했다 침묵하고 있던 뚜껑이 들썩거린다 흐물흐물해진 본성들이 아우성쳤다 견디다 못한 몇 개의 혓바닥이 부글부글 기어나왔다

허울 같은 구름이 완벽하게 차려진 식탁을 슬쩍 엿본다 식사가 끝날 때쯤이면 서로의 의심도 빈 접시처럼 하얗게 바닥을 보였다 앵무새는 남자의 입술을 열고 부드러운 혓바닥을 삼켰다 식탁 위에는 다비운 슬픔이 포개져 있고 그들의 저녁식사는 조용하게 끝이 났다

그러나 앵무새의 코는 조금 더 길어졌고 증오는 벌레도 먹지 않고 잘 자랐다 횟대에는 부러진 달이 긴 발톱처럼 깊숙이 박혀 있었다

주먹만한 구멍 한 개

겨울바람은
아버지 자전거의 녹슨 귀를 때렸다
강 옆구리에는
마른버짐이 허옇게 번져나가고
갈대에 감겨 있던 햇살이
연실처럼 풀려 나갈 때
아버지는 강바닥을 망치로 두드렸다
세상의 두께는 늘 이렇게 단단하지
얼음판은 금조차 쉽게 가지 않았고
한 떼의 쇠기러기들만 줄지어 날아갔다
겨우 주먹만한 숨통을 만든 아버지는
축축한 어둠을 엉덩이에 깔고 앉아
무료한 생애가 지나가길 기다렸고
나는 아버지 등 뒤에 쌓인
세월의 두께에 대해 생각해 보았다
지루해진 나는 나무토막을 주워 불을 피웠다
그때 튀어오르던 불꽃은
아버지 삶의 마디 부분이었을까
불은 이내 꺼져 버렸고
불 꺼진 자리만 검은 얼룩으로 드러누웠다

아버지가 뚫어 놓은 구멍은
헛것만 낚아 올리다가 결국 무너졌고
주먹만한 구멍 한 개는
혼자 남겨지는 일처럼
마침내 내 마음속에 커다랗게 입 벌리고 있다

자본주의 학습기

사내는 좌판의 판매 부진이 계속되자
그를 도와 줄 조연이 필요하다고 생각했다
궁리 끝에 그는 황조롱이 한 마리를 훈련시켰다
좌판을 기웃거리는 행인의 손바닥 위로 새가
재빠르게 올라앉는 순간
그는 사진을 찍었고 그 대가로 물건을 강매했다
거래가 완성될 때쯤
새는 다음에 찍힐 이미지 관리에 들어갔다
습관화된 타성은 흡족할 만한 결과를 가져왔고
사업은 날로 번창했다
삼류 배우처럼 분장한 그의 조악한 물건들도
비굴한 웃음이 자연스럽게 묻어났다
누구나 정신을 뺏기면 동조하기 마련
바람은 매번 같은 장면에도 조바심을 누르며 관람했다
한 줌의 땅콩 부스러기는 훌륭한 소품이 되어 주었고
대본 없는 사내의 연출은 완벽했다
새는 플래시가 터지는 짧은 순간을 위해
퍼덕이는 날개를 재빨리 우겨넣고
동업자를 사칭하며 사람의 생각에 도전한다
주도면밀한 학습이 때로는 비극이 될 때도 있다

결국 사내의 유혹에 넘어간 것은 새와 행인인 셈이다
그것을 깨닫기도 전에
하늘을 나는 법을 잊어버린 황조롱이는
우는 법을 잊을 것이다
검은 눈물이 서서히 응고된 황조롱이의 두 눈은 텅 비어 있다

민박집에 세워진 과녁

눈 그친 민박집으로
하얀 입김을 불며
파도와 갈매기가 맨 처음 찾아왔다
그 집의 담벼락은 파도가 칠 때마다
오래된 틀니처럼 흔들거렸다
화장실로 가는 좁다란 통로에는
널빤지로 만든 과녁이 세워져 있고
칠이 벗겨진 숫자들은 원판 안에 멈춰 있었다
여름 한철 동안 피서객들이
인형이나 담배에 배팅하며 활을 당겼을
화살과 활이 떠난 과녁은
바람이 들락거리는 구멍들을 안고 혼자 서 있다
미닫이 사이로 파도의 시린 발목이 보인다
비닐장판 위에 지져진 담배자국은
검은 몽돌처럼 침묵했고
그쳤던 눈발이 다시 사나워졌다
나는 내 안에 조준된 화살을 힘껏 쏘았다
결과는 경계의 안이거나 바깥일 것이다
과녁에 뚫린 수많은 구멍들도
알고 보면

한때 온몸의 정신을 집중하여
생을 관통하려 했던 아름다운 흔적임을 알겠다

삶-죽음 근사치를 쓰고 싶었다

함께 있어도 인식하지 못하고, 새로운 의미를 부여하지 못해 밖에서 서성거리게 했던 내 외로웠던 시들아! 나를 용서하기 바란다. 문제는 늘 내 안에 있었다. 내가 본 죽음이란 것은 또 하나의 완벽한 실존이었다. 그는 뼈의 형태를 고스란히 유지한 채 바람의 울음을 듣고 있었다. 세상의 빛들은 일순간 그를 위해 적막해졌다. 나는 너무 일찍 알아버린 삶과 죽음의 근사치에 대해, 근접해 있는 존재와 소멸의 함량에 대해, 세포처럼 끊임없이 분열하는 것들을 쓰고 싶었다. T.S 엘리엇은 말했다. 시는 언제나 모험 앞에 서 있다고. 생각해 보면 나의 도전은 무모했다. 시의 중심을 알 수 없었던 나는 늘 이방인이었다. 당선 소식을 듣고 난 후, 성탄 캐롤이 울리는 번잡한 거리를 혼자 걸었다. 마치 동굴에서 탈출한 크로마뇽인처럼… 나는 그날, 화석 속에서 튕겨져 나온 구석기인처럼 외로웠다.

나를 믿고 지켜봐 준 남편과 자신감을 뿌리 깊게 심어주신 하현식 교수님, 이재무 선생님, 감사합니다. 호된 비평가인 딸 다혜와, 아들 정빈이에게 사랑한다는 말 전하고 선해주신 심사위원 두 분께 내 안의 혹독한 다짐을 바친다.

짧은 분량에도 많은 것 담아내

예심에서 올라온 상당한 수준의 작품들을 거듭 읽고 검토한 끝에 남은 작품이 배대호의 「알타미라 동굴벽화 코드(CODE)」 외 9편과 이영옥의 「단단한 뼈」 외 4편의 시들이었다. 다른 응모시들이 지니고 있는 상대적 결함들이 이들 시에서는 극복되고 있었다.

이들은 나름대로 분명한 개성을 지니고 있으며, 까닭 없는 우회나 굴절이 야기하는 몽상의 어눌한 언어들을 자제하고 있어 다행이었다. 특히 이른바 화자 우월주의에 빠져 시를 수다스러운 설명으로 이끌거나, 대상과의 교류를 차단하는 독단의 왜소성으로부터 깔끔하게 벗어나 있었다.

장고 끝에 우리는 이영옥의 「돛배 제작소」와 「단단한 뼈」로 의견을 압축했다. 「돛배 제작소」의 다음과 같은 대목에선 안과 밖을 하나로 짚어가는 솜씨가 예사롭지 않아 호감이 갔다. "설계도면에는 오래된 고뇌까지 꼼꼼히 그려져 있었고/돛배가 하나씩 완성될 때마다 그의 환멸은 정교해져 갔다" 같은 대목 말이다. 그러나 「단단한 뼈」에서 더욱 중요한 대목들을 확인했다. 짧은 분량으로도 많은 것을 담아내는 자재로움과 절제된 감정이입을 통해 죽은 것들을 또 다르게 살려내는 전환의 힘, 그 핵을 이 시는 지니고 있다. "마지막 울음과 비틀어진 웃음을 분리하지 않고 수거했다"는 비극적 삶의 전력에 대한 암시도 놀랍지 않은가. 이 시를 읽고 나면 '섬쩍지근한' 침묵 같은 것이 남는다.

배대호의 「알타미라 동굴벽화 코드(CODE)」 등은 언어의 활달성, 또는 뜨거움을 지니고 있었다. 순수한 원시적 생명력에 대한 천착도 돋보였다. 그러나 표현의 조밀함이 모자라 적잖이 설명으로 기운 흠이 있었다. 지니고 있는 정열의 운용에 따라서는 새로운 시를 열 가능성이 보인다.

심사위원 : 황동규 · 정진규

시조

신춘문예 당선 시조

김영완

전남 해남 출생
숭실고 졸업
2002, 2003년 중앙일보 중앙시조백일장 입선
민족시사관학교 회원
현재 서울지방국세청 근무
2005년 조선일보 신춘문예 시조 당선

서울 강북구 번동 133-1 한양아파트 101동 805호
011-9163-3337

■조선일보/시조
대설주의보

대설주의보

1

거친 숨결 허옇게 얼어붙는 역 광장 앞
어디론가 가야 하는 길손들이 서성이고
그 몇은 허방을 딛고 빙판 위로 넘어진다.

제 한 몸 세우기도 버거운 이웃들은
손잡아 일으켜 줄 온기마저 놓아버리고
저마다 제 그림자 옆을 흘깃 흘깃 지나친다.

몇 날 찌푸린 하늘, 끝내 싸락눈 흩날리고
둥지 잃고 날아든 난간 아래 저 굴뚝새들
한두 톨 옹색한 모이, 이 겨울이 너무 시리다.

2

대설주의보 내려진 오후의 늦은 귀가
매운 바람 얼얼하게 외투 깃을 후려치고
움츠린 어깨 너머로 희끗희끗 눈발 설 때

통 속의 군고구마 냄새 웅숭그린 담 모퉁이
추위도 조금씩은 익숙해진 모습들이
장작불 환한 눈빛을 봉지 속에 담아 간다.

마늘에 관한 세 개의 추론

절굿공이 내리칠 때 빗맞아 튕겨 나온
마룻바닥 구석 자리 외돌아선 마늘 한 쪽
오롯이 성한 몸뚱이 웅크린 채 말라 간다

으깨져야 삶이 되는 매운 성깔 외면하고
그늘에 비켜서서 몸 사린 많은 날들
속 깊이 간직한 침묵, 일어서지 못하고…

이마를 짓찧으며 시퍼렇게 부서져야
아릿한 땀내 배어 어우러지는 그런 세상
풋풋한 목숨 하나로 부딪쳐 갈 일이다

물관부 그물무늬
—— 겨울나무에게

푸르게 일어섰던 그 물빛 다 지우고
헐렁한 가슴팍에 곧은 뼈만 간직한 채
한겨울 눈보라 속에 시린 손 내젓는다

터진 살갗, 옹이 진 몸, 매운 바람 할퀴어대고
얼부푼 가지들은 삭정이로 잘려 나가도
물관부 그물무늬를 쉴새없이 출렁인다

쾅당쾅당 수액 나르며, 엽록소 덧칠하며
수척한 얼굴 위로 밀어 올리는 잎눈 두엇
끝끝내 피워내야 할 꽃잎 하나 기억한다

맨발로 눈밭에 서서 저물도록 흔들려도
저 밑동 모세혈관 생장점은 눈을 뜨고
쌓이는 눈발 사이로 누군가 오고 있다

신새벽 어둠 떨치며

1

산동네 허물고 있는 장맛비에 진저리치며
일자리 얻지 못해 드러누운 구석방에
배어 든 눅눅한 습기, 카드빚인 양 끈적인다.

"엄마 나 죽기 싫어" 뼛속 시린 풀빛 외침
가난에 내몰린 저 어두운 층계 끝에서
누군가 창문 너머로 허기진 생을 내다버린다.

2

고된 삶의 그늘 아래 야윈 꽃술 품에 안고
피지 못한 채 지고 마는 저 여린 꽃망울들
바람은 빈 가지 끝에 저물도록 서성댄다.

무너진 둔덕 너머 어둠은 자꾸 밀려오고
그래도 가야 한다 흐린 눈을 닦아내면
끊어진 낯선 길 위로 별빛 밤새 쏟아지고…

3

가녀린 풀잎 뒤에 지친 몸 날개 접고

촉각 낮게 움츠리며 숨 고르던 나비 하나
신새벽 어둠 떨치며 벼랑 끝을 날아오른다.

＊ 카드빚에 몰린 어머니가 '엄마 나 죽기 싫어' 외치는 아이들을 데리고
아파트에서 투신하였다는 보도가 있었다.

건너온 시간만큼

― 맥문동

윗몸 납작 엎드리다 허리는 휘어지고
건듯 이는 실바람에 흔들리는 야윈 어깨
한겨울
살아 낸 흔적
풀빛 얼굴 수척해도

얼부푼 뿌리 안고 뜬눈으로 지키던 밤
막막한 기다림을 푸르게 담금질하고
막 벼린
청동검 세워
어둠을 가르고 있다

건너온 시간만큼 덧칠하는 삶의 더께
갓밝이 길목에서 윤이슬로 닦아내고
헐거운
몸을 추스려
꽃대 하나 세우는 아침

그 해 4월

〈삭정이〉

4월이 다 가도록
눈 못 뜨는
가지 하나

지난 겨울 맵찬 바람
허리 세워 받아 냈으리

푸르른 저 이파리들
그 내막
미처 몰라도

〈풍경〉

뭉턱뭉턱 잘려나간
가로수 어깨 위로

여러 겹 전깃줄이

발 뻗고 지나가고

골목 안
외등 하나가
어둠을 받치고 섰다

시조 세계 늦게 접한 만큼
쉼 없이 창작의 길 걷겠다

아침저녁으로 지나다니는 길가의 낮은 담장 아래 늦게 돋아난 '별꽃아재비' 꽃이 자세히 보지 않으면 얼른 눈에 띄지도 않는 눈송이 같은 별꽃을 피우고 있습니다. 저 꽃들이 은근히 걱정이 됩니다. 이상 기후를 만드는 '엘니뇨 현상' 때문에 따뜻한 겨울이라고는 하지만 그래도 겨울인데 저렇게 자꾸만 꽃을 피워서는 어떡하겠다는 것인지…

신춘문예에 응모는 하면서도 설마 당선되리라고는 생각지 못했는데 당선되었다는 전화에 어쩔 줄 몰라 허둥대다가 오늘은 나도 저 철모르는 별꽃아재비가 되어 작은 별꽃 하나 그려봅니다.

어쩌다가 찾아든 아직은 낯선 이 길, 이제는 뒤돌아설 수 없는 길이 되었습니다. 남들보다 늦게 출발한 길이지만 쉬지 않고 가리라 다짐하면서 부족한 글을 뽑아 주신 이지엽 심사위원님께 먼저 감사드립니다. 아직은 서투른 글을 더 열심히 하라는 의미에서 뽑아주신 것으로 새기고 그 뜻에 어긋나지 않도록 열심히 하겠습니다.

그동안 같이 공부한 직장 문우회 동료들, 가르쳐 주신 선생님과 선생님 밑에서 열심히 공부하고 있는 시조모임 회원들, 그리고 저를 알고 있는 여러분들과 이 기쁨을 나누고 싶습니다. 끝으로 지켜보아 준 아내와 아이들을 포함한 가족들과도 이 기쁨을 함께하고 싶습니다.

손에 잡히는 묘사 돋보여

시조의 형식적 장치는 풀어지기 쉬운 현실을 긴장하게 하는 매력이 있다. 신춘의 신인을 가리는 작업은 이 긴장을 어느 정도 잘 운용하고 있느냐에 있을 것이다. 3·4조의 기계적 율격은 너무 옥조여 숨이 막히기 마련이고 조금만 느슨해지면 시조 아닌 것이 되기 때문에 완성도에 이르는 것은 시보다 훨씬 어렵다. 이병일 씨의 「빗방울 화석」은 세밀한 묘사가 돋보였으나 끝까지 밀고 나가는 힘이 부족했으며, 임채성 씨의 「모르핀을 꽂다」는 능숙한 가락의 운용에도 불구하고 여과되지 않는 생경한 표현이 걸렸다. 마지막까지 남은 작품들 중 김영완 씨의 「대설주의보」는 단연 돋보였다. 가락을 이끄는 만만찮은 호흡과 사실적 묘사를 바탕으로 한 서사적 얼개가 신뢰를 갖게 하였다. 시조는 형식적 제약으로 인해 관념화되기 쉽고, 그 관념은 손끝의 기교에서 비롯되기에 마땅히 경계해야 한다. 관념화로 치닫고 있는 시조단에 신선한 바람을 일으킴은 물론, 지치고 힘든 이 시대의 복판을 넘어가는 이웃들에게 "장작불 환한 눈빛"을 전하는 따뜻한 가슴의 시인으로 대성하길 바란다.

심사위원 : 이지엽

이석구

1960년 충남 청양 출생
성균관대학교 한문학과 및 동 교육대학원 졸업
2004년 월간문학 신인상 시조부문 당선
현재 안양 백영고등학교 교사
2005년 동아일보 신춘문예 시조 당선

서울 양천구 목4동 대원칸타빌아파트 204동 209호
011-9938-6064

■동아일보/시조
마량리 동백

마량리 동백

길이 아닌 곳에서만 가는 길이 보인다고
외발 수레바퀴 끌고 오는 눈발 따라
그림자 뒷걸음치며 마른풀을 밟는다.

여기 아무도 모른 낯선 세상에 내가 있듯
악보에는 없는 음표 호흡을 조절하며
얼음장 빗금 친 파도 겨울 바다를 건넌다.

앞선 사람 대신 좁혀오는 바람처럼
지상地上의 문을 여는 미지의 열쇠구멍 속에
발자국 찍힌 눈꽃이 꽃망울을 터뜨린다.

세한도歲寒圖

더디고 더딘 새벽
차茶를 달이고 난을 치다
남루한 명주바지
행색을 가다듬고
묵향墨香 내 자옥히 풀어
등잔 심지 돋우었지.

한 올씩 인연 맺은
문인묵객文人墨客 붓 한 자루
꽃물 찍은 서찰마다
귀에 선 솔잎 소리
예서도 어둠을 깨워
쓰러질 듯 일어서고.

예지의 숨을 몰아
장지문을 열어뵈면
꿈으로 다 채우지
못하는 하얀 눈발
이따금 그리움인지
낮달 하나 떠오른다.

TV부처
—— 백남준의 비디오아트

1
수레바퀴 끌고 가는 문명文明의 기억 속에
가부좌 튼 돌부처가 화두話頭를 놓았는지
어깨 위
등짐 푼 자국
푸른빛이
서늘하다.

2
그 빛에 발자국들 제 그림자 앞세우고
안개가 눈을 뜨며 물소리 귀를 열며 염주알 이슬이 되어 흘러가는
윤회의 강江.

3
도심의 깊은 적막
내가 내게 길을 묻고
지하 계단에 찍힌
휴대폰 액정화면들
비로소 열반에 든 불꽃
발신자 전파를 풀고 있다.

겨울 폭포

초서체草書體로 흘러가는 골짜기 물길 따라
휘어진 가지만큼 옹이진 힘줄뿐인
백년 된 느티나무가 골다공증을 앓고 있다.

더는 갈 수 없어 바람도 무너진 벼랑
대담하게 쏟아진 곧은 소리 생략한 채
시간이 멈춘 물줄기 살 부비며 얼어붙고.

산울림 깊을수록 뼈마디 앓는 침묵
억새풀 담아 채운 분청귀얄 빗금처럼
둥그런 바위 항아리에 무지개가 걸려 있다.

이석구   173

오색딱따구리

피어라! 산벗나무 꽃망울 터지는 날 무심코 들여다본 둥지 안은
환하다
등 뒤로 부는 바람결에 햇살들이 기웃댄다.

그 결을 세운 나이테가
간격을 좁히다가
발바닥 움켜쥐면
직각으로 꺾인 무릎
속살도 가슴 속에서
덧날 때가 있었지.

빗장 풀고 산문山門 열며 기어가는 오체투지五體投地
얻은 것 다 가져도 하나쯤 놓은 듯싶은
이제 막 옮긴 발걸음 꽃물자국 찍는다.

매

청자青磁 연적 먹물 갈린 깊은 밤 보름달빛
매는 검푸른 깃을 새벽까지 가다듬고 백령도 바다 밑에서 장산곶
까지 날았다.

들숨 날숨 뒤섞여
단번에 후려치듯
한 목숨 휙! 할퀸 명줄
발톱에 걸려들면
빠르게 지난 바람과
물살이 풍덩, 출렁였다.

목에 걸린 가시 같은 역사의 경계선을
가야금 열두 줄로 좌우를 맞춘 날개 등 굽은 소나무 줄기가 눈부
시게 푸르렀다.

위도 38도 저 바다에서 창공으로
여명의 징소리 치면 다시 두 발 차고 올라
반쪽씩 무게를 재며 수평선을 흔들었다.

더딜지라도 앞만 보고 걷겠다

원고를 보내고 며칠 동안 아무런 생각 없이 보내다 당선 통보 전화를 받았다. 망치로 뒤통수 한 대 얻어맞고 명치끝에 무엇인가 울컥 얹힌 듯한 그런 기분이었다. 그리고 어머니와 아내, 두 딸이 생각났다. 항상 죄송하고 고마운 어머니, 감사합니다. 힘들고 어려울 때마다 불평과 불만을 내색하지 않고 맨 먼저 원고를 읽고 평해 준 아내가 고맙다. 두 딸들아! 몸과 마음이 건강한 사람이 되길 바란다.

길을 걸어왔다. 늘 길 위에서 나는 곧은길로만 가고 있다고 생각하는데 돌아보면 그 길은 직선이 아니었다. 그러나 햇빛은 굴곡에 상관없이 모든 길 위에 고루고루 빛을 내려주고 있었다. 그 빛을 따라서 길을 걸어가야 한다.

내 타고난 성격 탓이 크지만, 시조는 항상 흥에 취해 혼자 쓰고 며칠 뒤에 원고를 들여다보고 지우고 버리는 작업이었다. 그러다가 마음에 드는 시구를 얻더라도 제한된 글자에 운율을 맞추고 현대적 감각을 더한다는 것이 쉽지 않았다. 앞으로도 지금처럼 단어 하나에 의미를 찾다가 단 한 줄뿐인 글을 쓰는 더딘 걸음을 하는 발자국이 될지라도 그 길을 직선으로 여기며 앞만 보고 걷겠다.

부족한 글을 뽑아주신 동아일보와 심사위원님께 감사드립니다. 누가 되지 않도록 열심히 쓰겠습니다.

동백을 현대적 이미지로 빚어

시조를 쓰는 것은 시의 정수를 찾는 일이다. 시 속의 시를 찾는 일이다. 시조부문 응모 작품에는 대학생부터 80대 할아버지까지 그 열기가 뜨거웠다. 세 차례의 심사를 거치며 다섯 작품이 최종심에 남았다.

「안단티노 알레그로토로」(정행년)와 「소록도 해돋이」(이태호)는 소재와 주제의 신선함이 뛰어났으나 명품을 만든다는 정성이 다소 부족했다. 시조시를 빚는 자신감과 운율을 휘어잡는 힘을 가지길 부탁한다.

「이중섭 미술관」(김희천)은 보기 드문 건강한 작품이었다. 제주의 바다 내음과 화가 이중섭의 세계가 건강하게 표현되어 좋은 점수를 얻었으나 운율이 불안했다. 징검다리가 놓인 강을 편안하게 건너는 것이 시조의 운율이라면 자연스러운 보폭을 만들어낼 수 있는 징검다리에 대해 좀더 고민하길 바란다.

「나비경첩」(이윤호)과 「마량리 동백」(이석구)은 어떤 작품을 당선작으로 내놓아도 손색이 없었다. 그래서 우리를 오래 고민하게 했다. 「나비경첩」은 어머니가 남긴 제기함 나비경첩을 통해 아름다운 사모곡을 빚었고 「마량리 동백」은 동백을 현대적인 이미지로 빚어냈다.

「나비경첩」은 너무나 익숙한 작품이었다. 그 익숙함이 신인을 뽑는 자리에서는 작은 흠이 되고 말았다. 「마량리 동백」도 첫째, 둘째 수의 자연스러운 호흡법과는 달리 셋째 수에서 호흡이 흔들렸다.

신춘문예는 완성된 작품을 찾는 것이 아니라 새로운 신인을 찾는 일이기에 「마량리 동백」을 당선작으로 정했다. 함께 투고한 작품에서 보여준 다양한 실험정신이 당선의 영광을 받는 데 가산점이 되었음을 밝힌다. 시의 정수를 뽑아 시조시를 빚는 명품 명장으로 남길 바란다.

심사위원 : 이근배 · 정일근

장창영

1967년 전주 출생
전북대학교 국어교육과 졸업
동 대학원 국어국문학과 졸업
문학박사(현대시 전공)
현재 전주대학교 교양학부 객원교수
2003년 전북일보 신춘문예 시 당선
2005년 서울신문 신춘문예 시조 당선

전북 전주시 완산구 삼천동 청솔금호아파트 102동 704호
018-601-7020

■서울신문/시조
동백, 몸이 열릴 때

동백, 몸이 열릴 때

한때는 너도
불 밝히던 심장이었다

눈 밟는 소리에도
온통 가슴 설레어

어쩔 줄 몰라만 하던 붉디붉은 눈이었다

하기야 그때는
너조차 몰랐을 게다

네 몸을 사정없이
훑으며 지나간 것이

한 떨기 바람, 그도 아니면 감당 못할 욕망이었는지

꽃무리 지고 난 후
다시 또 여기 서 있다

실팍한 가슴 한켠
환한 불씨 동여맨 채

안에서 밀어올려낸 향기 한 올 풀어 건네며

탱자의 꿈

내 안에 고여 있는 것은
가시만이 아니다

몸살나게 그리운 것은 꽃만이 아니다, 한 겨울 기다려 온 진하디
진한 살내음이다 누군들 따뜻한 살이 그립지 않으랴 누군들 넉넉한
생生이 부럽지 않으랴 하지만 나, 나, 나는 이 긴긴 겨울 동안 서리
내린 들판에서 퉁퉁 부은 맨발로 서 있었다

그 살들 다 도려낸 후,
이제야 숨이 달다

잘생긴 배롱나무

여스님 손끝에서
풀려 나온 샛바람이

하필이면 다른 데는
놔두고 꽃잎에만

꼬옥 꼭, 겨누어 서서 가지 끝 마구 흔들다가

이름 모를 들꽃에
살풋이 앉았다가

누군가 시선 닿으면
더 크게 휘청이며

서둘러 일어서야 할 차례를 때마침 놓친다

붉은 것들 손만 스쳐도
화들짝 솟구치며

지금은 몸구석 마디 마디
재워둔 새끼들을

한참씩 데불고 있다 일시에 방생하는 중이다

화장火葬

불길 속 구덩이마다 하나씩 세우는 육십 리 길
화로 문 열릴 때마다
언 몸은 연신 들떠오고
아직도 생생한 것들 더 뜨겁게 온몸을 밀어 넣는다

쪽문을 열어 내면 일순간 망설임도 없이
조각보처럼 이어져 있던 기억들
다 흩어지고
모질게 거기 있었나 끝까지 나 외면하지 않고

불길이 지나가며 쓰다듬는 자리마다
온몸이 돌아가며
흠씬, 회초리 맞는 동안
생채기 다 사라지고 구멍마다 환히 돋는 새살

이사 가던 날

뜨거운 김 송사리처럼
우수수 빠져나간다

두 손을 휘휘 내둘러도
영, 잡을 수 없다

이제 남은 것은 불길과 몸을 섞는 일뿐

남겨진 한 장짜리
문서에 서명하고

걸어가 드러누우면
후끈 달구어진 구들장.

조금 더 그리운 것들 자리를 쉽게 뜨지 못하고

이생의 마지막은
기억을 태우는 일

저 속으로 들어가
한몸이 되어버리기 위해

불 속에 길을 내고 그 지도를 묻어버리는 것

풍장風葬

지켜온 게 얼마인데
마를 때는 반의 반의 반나절.

몸 안을 지탱하던 것들
거지반 쓸려나가고

그나마 남았던 피톨 바짝바짝 마른다

온기가 달구던 손
쓰다듬으면 허전하기만 해

아무리 틀어막아도
저 햇발 피할 수 없어

온종일 귓가 때리는 뼈마디 꺾는 소리

마흔일곱,
얼기설기 바람으로 엮은 몸

허물어
다시 쌓으면
천 년살이 누에나 될까

실 한 올 남지 않고 남해 보리암 탑신으로 돌아가면

팥죽 끓이는 마음처럼

　당선 연락을 받던 날은 동지였다. 그날 저녁, 글쓰는 형 몇몇과 함께 했던 술자리에서 팥죽을 먹었다. 얼굴도 모르는 이웃이 끓인 팥죽이 한 다리 건너 우리에게까지 건네지게 된 것은 결코 우연이 아니었다. 사람들 사이에 정은 이처럼 소소한 것에서 생겨나 다른 이들의 마음 속에 웅숭깊게 자리매김하는 걸게다. 아마 시조가 지향하는 바도 팥죽을 끓이는 이의 마음 씀씀이와 크게 다르지 않을 것이다. 쓰지 못할 때처럼 비참한 경우가 또 있을까. 매년 신춘을 겪어 본 이들이라면 찬바람이 불 때마다 제 몸 안에 갇혀 있던 무엇인가가 목청을 돋우는 것을 느꼈으리라. 이제 매번 마감시간 직전까지 휘둘리게 했던 그 무엇이 이 자리에 내디디게 만든 힘이었다는 사실을 나는 안다. 글을 쓰는 매 순간마다 숨쉬게 하며, 살아 있음을 온몸으로 느끼도록 만드는 힘이.

　이 자리에 서기까지 마음 써 준 가족들에게 감사의 말을 전한다. 언제나 그들은 내게 가장 큰 스승이다. 지금까지 글과의 인연을 놓지 않도록 도와준 이들에게 다시 한 번 큰 빚을 진 셈이다. 이 자리를 빌어 시조라는 거대한 물줄기에 합류할 수 있도록 자리를 내어주신 심사위원들께 감사의 절을 올린다.

　누군가 길을 만들었기에 다음에 나선 이들은 보다 쉽게 갈 수 있다. 만약 그 길을 누군가와 함께 걸어갈 수 있다면 인생은 외롭지 않다. 나로서는 이제 시조라는 든든한 벗을 얻은 셈이다. 나 역시 후에 오는 이들에게 또다른 길을 열어 주고 싶다. 세상은 아직 살만한 것이기에.

신생의 날카로운 감성과 언어의 배합이 신선

신춘문예는 기존의 작품수준을 월등 뛰어넘는 새로운 패기, 새로운 목소리, 새로운 사람과의 만남을 기대한다.

올해 응모된 작품들은 종전에 비해 수준 높은 작품들이 많았다. 우리 고유의 전통시인 시조에 대한 열기가 그만큼 높아가고 있다는 점에서 반가웠다. 응모작품 대부분이 시조의 틀을 지키면서도 현대성을 지녔고 소재면에서 다양했으며, 삶의 현장성을 갖고 노래한 것과 우리 역사성을 갖고 노래한 것 등 크게 두 가지로 분류할 수 있었다. 심사기준은 시조가 갖는 형식을 지키되 어떻게 새로운 리듬, 감각으로 현대적 기능으로서의 기법을 구사했느냐에 초점을 맞췄다.

당선작 「동백, 몸이 열릴 때」는 하나의 꽃이 깨어나는 신생의 날카로운 감성과 언어의 배합 같은 것들이 신선했다. 시조의 운율을 갖고 재구성하면서 새맛나는 기량을 보여준 근래 보기 드문 수작이었다. 「금동반가사유상」(한분옥)은 안정감 있고 상당한 시적 수련이 엿보이는 작품이었다. 최종 당선작과 겨루었으나 소재면에서 신선감이 덜해 선외로 밀려났다. 「광개토태왕비」(방승길)는 고구려 역사왜곡과 잃어버린 고구려의 역사성을 면밀히 관찰하는 투시력으로 힘줄 넘치게 쓴 작품이다. 그러나 힘에 너무 치우쳤고 언어의 조탁에서 밀렸다. 「사랑」(이지윤)은 서정성과 시조다움에 가까운 작품이다. 첫발을 내딛는 신인의 시조로는 문제가 있다는 점이 결함으로 지적되었다. 「진도아리랑에 부쳐」(이태호)는 시조 가락이 철철 넘치는 작품이다. 그럼에도 현대시로서의 의미, 새로운 감각을 살려내지 못해 아쉬웠다.

심사위원 : 이근배 · 한분순

정선주

1972년 전남 광양 출생
방송통신대학교 국어국문학과 졸업
제4회 전국 시조 · 가사 공모전 대상 수상
2004년 중앙시조지상백일장 1월 장원
현재 다산학원 국어 강사
2004년 중앙일보 신인문학상 시조부문 당선

경기도 남양주시 진접읍 내각리 667-3번지
010-7123-7636

■중앙일보/시조
문상

문상問喪

은행나무 그 아래 낡은 구두 한 켤레
행길을 뒤로 한 채 돌아선 늙은 마음
마을을 지나온 저녁비가 소슬히 덮고 있다.

살아서 걸어온 길 죄다 끊어 버리고
뿌리 위에 기대고 누운 편안한 저 침묵
성소聖所에 들어가는 듯 생각이 깊어 있다.

하늘로만 솟구치던 노오란 은행잎도
젖어 있는 돌담길을 조등처럼 밝힌다
상주喪主도 문상객도 없는 한 생의 뒷모습.

바람이 불 때마다 지워지는 몸을 끌고
눅눅한 신발들은 버스를 타고 떠나지만
수묵의 푸른 시간 속, 들국 향기 환하다.

오래된 의자

낡고 쓸쓸한 마음들만 내려서는 간이역
더께 낀 세월을 안고 의자 하나 앉아 있다
바람이 불어올 때마다 관절이 투둑, 툭! 꺾인다

살아서 가졌던 빛깔과 제 무게들
이제는 바래고 깊을 대로 깊어져
엎드려 꿇어앉은 등이 성자聖者의 모습이다

떠나는 누군가를 위해 기도한 적 없고
돌아오는 누구 위해 노래한 적 없지만
지친 삶 곤한 다리를 쉬게 하던 낡은 의자

칠 벗겨진 흉한 내 몸도 길 끝에 서게 될 때
너를 위한 빈 자리 남겨둘 수 있을까……
밤이면 달빛 몰래 내려와 느릅나무 곤한 잠잔다

수목원 가는 길

크낙새 울음을 하늘 위에 찍어 두고
소리산 골짜기는 또 한 사람을 묻는다
봉선사 범종소리가 솔숲을 깨우는 저녁

하늘도 외로운지 개밥바라기 두어 점…
조각난 햇살들이 부산하게 숨어들고
새소리, 여문 물 물고 와 박꽃 하나 틔운다

내 마음 썰물의 개펄, 바다 혼자 깊을 때
칼바람 휘익 휙 지친 몸을 끌고 가는 길
상처도 꽃으로 피는가 섬처럼 아름다운 길

눈 뜨고는 갈 수 없는 다비茶毘의 먼 주소에서
연꽃 되어 앉아 있는 누더기의 이름 없는 생生
큰스님 독경소리가 소리봉 끝 저리 뜨겁다.

물꽃이 지는 자리

하늘도 가끔 심심할 때 있는지
지붕 위에 쌓여 있는 햇살을 거둬가고
한 차례 퍼부을 심사로 뭉쳤던 구름 터뜨립니다

노인의 손등처럼 구깃구깃한 마당
수틀 같은 울타리를 팽팽하게 잡아당겨
드디어 바늘 된 빗물로 수繡를 놓기 시작합니다

봉당엔 보낸 인연만큼 운동화 끈이 풀려 있는
바람만 주인이던 이 빈 집 적막을
하늘은 한 땀씩 정성들여 꽃을 피워 냅니다

마당 가득 물빛으로 꽃밭을 이루다가
피자마자 지는 것이 못내 아쉬운 물꽃은
씨알의 잔소리 깨워 봄을 불러 옵니다

거울 속의 길

투명한 거울 속에 돌아앉은 시간이
떨리는 어깨 위로 흰눈처럼 떨어지다
결빙의 고드름 되어 겨울 속을 가고 있다

밤사이 자라난 저자거리 욕망이
얼음의 계단 한 번씩 내딛을 때마다
빙하 속 커다란 동굴, 암호 같은 중음신

나를 둘러싼 타인 같은 낯설음이
개펄에 달빛 내리듯 수만 갈래 갈라지지만
끊어진 길 끝에 서면 나 비로소 사라진다

기억의 저-편, 무릎 꿇은 기도 하나
부우연 안개 속을 봄길인 양 걸어 나와
묵음默音의 경계를 건너 꽃눈을 틔고 있다

다시 서는 소리

강물이 흐르는 허름한 찻집 귀퉁이에
갈대의 그리움보다 더 깊은 침묵으로
빛바랜 가야금 하나 비스듬히 누워 있다

무대 위, 화려했던 순금빛 노래들이
아득한 시간 너머의 희미한 기억들로
사라진 길 끝 위에서 노을 되어 번진다

늙고 병든 뼈마디마다 가락 하나씩 꺾어지고
오동나무 입자들이 소리 되어 일어서는 밤,
바람의 수런거리는 한 스푼의 환한 갈채

훅— 먼지를 불어내고 줄 하나 퉁겨본다
뒤척이는 물줄기를 타고 온 가락들이
표표히 열두 현絃에서 은빛 강을 열고 있다.

그 바다에 띄우는 편지

까치가 물고 온 아침햇살이 현관 앞까지 내려와 맑고 깨끗한 소리를 냅니다. 또 하루가 내 앞에 펼쳐져 있음의 감사함으로 아침을 내딛습니다. 오래 전 당신께서 보여 주셨던 드높은 하늘과 푸른 초원이 유난히 그리운 오늘, 수업 중에 울리는 핸드폰 벨소리가 가슴을 설레게 합니다. '당선'이라뇨. 믿어지지 않는 마음에, 폴더를 닫는 손이 한층 더 떨리며 시야가 흐려지는데도 당신의 모습은 더욱 선명하게 떠오릅니다. "이제는 훨훨 날 일만 남았다."는 격려의 음성이 가슴 밑바닥, 화석처럼 굳어 있는 그리움의 시간들을 깨워 살아서살아서 꿈틀댑니다. "풀 한 포기, 길가에 널브러진 돌멩이 하나까지 사모하는 마음을 가지라"는 당신께서 주신 말씀, 기억하고 되새기며 '좋은 시·시조를 생명처럼 여기는 아름다운 시인이 되겠다'는 다짐을 다시 한 번 해 봅니다. 감사하고 사랑합니다. 이 모든 영광 당신께 드립니다.

끝으로 오랫동안 말없이 지켜봐 준 사랑하는 남편과 아들, 장현교회 식구들, 나의 모교 윤현숙 선생님. 그 외 늘 격려를 주셨던 많은 분들과 이 기쁨을 함께 하고 싶습니다. 그리고 부족한 시조를 뽑아주신 심사위원 선생님들과 중앙일보사께 고개 숙여 감사를 드립니다.

— 산 아래 시골집 작은 나의 서재에서

생의 쓸쓸함과 희망이 뚝뚝

응모자들이 월 단위로 치르는 지상백일장에서 엄선된 경쟁자들이니만큼 연말결선이 어느 신춘문예의 경쟁보다 치열함은 말할 것도 없다.

최종 당선자는 중앙신인문학상 시조부문 수상자로서 영예의 신인이 된다. 총 스물아홉 분이 보내 온 252편을 놓고 장시간 치밀하고 엄정한 심사 끝에 정선주 씨의 「문상」을 당선작으로 올렸다.

예년에 비해 전반적 수준은 향상되었으나 괄목할 만한 작품이 없는 아쉬움이 있었다.

1차 심사 결과 정선주 · 임채성 · 이태순 · 정상혁 · 김종훈 · 한석산 · 윤경희 · 권성미 씨가 높은 평점을 받았으나, 소재와 접근방식이 지나치게 낯익거나 부적절한 시어로써 신선미를 잃고 있었다.

시조는 조화와 균형, 응축과 절제미를 지닌 정형시로서, 특히 종장에서 시조율격의 미학적 원리를 잘 보여주어야 한다. 종장 첫구의 율격에 무감해서는 시조의 맛을 제대로 살릴 수 없다. 이 점은 시조백일장에 관심을 가진 모든 분들이 유념해야 할 사항이다.

「문상」은 지상으로 드러난 은행나무 뿌리 위에 놓인 망자의 낡은 구두가 저녁비에 젖고 있는 데서 모티브를 얻고 있다. 화자는 망자와 문상객들의 신발을 통해 "성소에 발길 옮기"는 수사처럼 "깊"은 "생각"으로 우리 삶의 한 단면을 "소슬"하게 묘사하고 있다. 그러나 그 풍경은 "들국 향기" "환하"게 흩어둠으로 해서 "수묵의 저문 가을 속"으로 표상한 죽음과 쓸쓸함의 정조로 함몰하지 않는다.

심사위원 : 김영재 · 박기섭 · 박시교 · 유재영 · 이우걸 · 홍성란

〈시〉 김면수 김미령 김승해 박연준 박지웅 서영식
신기섭 윤석정 윤진화 이영옥
〈시조〉 김영완 이석구 장창영 정선주

2005년 신춘문예 당선시집

초판 1쇄 발행일 2005년 1월 17일

지은이 · 김면수 외
펴낸이 · 김종해
펴낸곳 · 문학세계사
이메일 · mail@msp21.co.kr
www.msp21.co.kr / www.seein.co.kr
www.ozclub.co.kr

주소 · 서울시 마포구 신수동 345-5(121-110)
대표전화 · 02)702-1800
팩시밀리 · 02) 702-0084
출판등록 제21-108호(1979. 5. 16)

값 8,000원

ISBN 89-7075-330-3　　03810

좋은 시와 시인을 섬기는 시 전문 계간지

시인세계

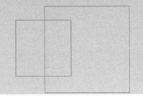

www.seein.co.kr

새로운 시인

《시인세계》 신인작품 공모

계간 《시인세계》는 국내 문학 잡지사상 처음으로 온라인 신인작품 공모를 기존의 신인작품 공모와 병행하여 실시합니다. 온라인 신인작품 공모는 작품 투고자의 편의를 도모하고 예심과정을 투명하게 공개함으로써 시인의 길을 걷고자 하는 많은 분들에게 자신의 수준을 스스로 가늠케 하는 제도라 할 수 있습니다. 한국 현대시의 내일을 이끌어갈 새로운 시인, 당당하고 신선한 신인의 출현을 기다립니다.

- ◆ 응모작 : 시 10편 이상
- ◆ 작품모집 마감 : 연 2회
  전기 : 매년 1월말(봄호) / 후기 : 매년 7월말(가을호)
- ◆ 발표 : 전기는 봄호, 후기는 가을호에 발표합니다.
- ◆ 우편으로 응모하실 분은 봉투에 〈신인작품 공모〉 표시를 바랍니다. 응모작품은 반환하지 않습니다.
- ◆ 온라인응모 : ①시인세계 홈페이지(www.seein.co.kr)에 접속. ②상단의 신인 작품공모 클릭. ③하단의 온라인 작품공모 클릭. ④온라인 공모 게시판에 10편 이상의 작품을 한개의 파일로 올림.
- ◆ 심사 : 본지에서 위촉하는 시인과 평론가들이 심사.
- ◆ 예우 : 당선시인에게는 특별원고료(100만원) 지급.
- ◆ 유의사항 : 응모작품과 간단한 약력과 연락처를 첨부.
- ◆ 보낼 곳 : 《시인세계》 편집부
  서울시 마포구 신수동 345-5 문학세계사 (121-110)
  전화 702-1800 / 팩스 702-0084 / 이메일 seein@seein.co.kr

정기구독 안내

《시인세계》는 시를 사랑하는 시인과 독자 여러분의 것입니다.
좋은 시와 시인을 섬기며, 시를 사랑하고 이해하는 사람들의
사랑방이 되도록 힘쓰겠습니다. 언제나 창간할 때의 마음가짐
으로, 참신하고 치열한 시정신이 가득한 《시인세계》로 만들겠
습니다. 독자 여러분의 많은 관심을 부탁드립니다.

◆ 정기구독자에게 드리는 특전
　정기구독을 신청하신 분들께는 문학세계사에서 발행한
　책을 1권 증정합니다. 《시인세계》는 출간 즉시 우송해
　드리며, 구독기간중 책값이 올라도 추가부담이 없습니다.

◆ 정기구독 신청 방법
　한 권은 7,500원이며, 1년 정기구독 요금은 26,000원입니다.
　우편요금은 본사가 부담합니다.
　요금을 온라인으로 보내신 후, 주소, 전화번호,
　성함을 전화, 팩스, 이메일로 알려주시면 됩니다.
　〈국민은행　054-01-0323-908　시인세계〉

《시인세계》 편집부
www.seein.co.kr
서울시 마포구 신수동 345-5 문학세계사 (121-110)
전화 702-1800　　팩스 702-0084
이메일 seein@seein.co.kr